上左，張帥（北京醫院）；上右，李婷（北京醫院）；

下左，高紅豔（吉林市兒童醫院）；下右，劉天賀（吉林省四平市中西醫結合醫院）

注：書中圖片，除特別標注攝影人信息的，餘者均為作者拍攝

上左，王東方（吉林省四平市中醫院）；上右，王曉宇（吉林省東遼縣人民醫院）；
下左，張春艷（吉林省長春市兒童醫院）；下右，袁欣（吉林省職業病防治醫院）

參與「為天使造像」項目的部分攝影師合影

封城下的武漢街景

武漢市民在武漢大學凌波門附近的棧橋遊覽

我怕將來
會忘記——
武漢抗疫
手記

劉宇——著

責任編輯　　李　斌
書籍設計　　吳冠曼

書　　名　我怕將來會忘記——武漢抗疫手記
著　　者　劉　宇
出　　版　三聯書店（香港）有限公司
　　　　　香港北角英皇道 499 號北角工業大廈 20 樓
　　　　　Joint Publishing (H.K.) Co., Ltd.
　　　　　20/F., North Point Industrial Building,
　　　　　499 King's Road, North Point, Hong Kong
香港發行　香港聯合書刊物流有限公司
　　　　　香港新界荃灣德士古道 220-248 號 16 樓
印　　刷　中華商務彩色印刷有限公司
　　　　　香港新界大埔汀麗路 36 號 14 字樓
版　　次　2020 年 7 月香港第一版第一次印刷
　　　　　2024 年 3 月香港第一版第二次印刷
規　　格　大 32 開（140 mm × 210 mm）240 面
國際書號　ISBN 978-962-04-4658-0
　　　　　© 2020 Joint Publishing (H.K.) Co., Ltd.
　　　　　Published in Hong Kong, China.

寄語

仲呈祥（中國文藝評論家協會主席）

　　作者以真實的鏡頭語言和真摯的文學語言交相輝映，忠實紀錄了中華民族 2020 年在突發的「抗疫」中的動人歷程，譜寫了一曲感天動地的新時代精神頌歌！作者為歷史存正氣，為世人弘美德，為自身留清名，堪稱人民攝影家。

仲呈祥主席寄語手跡

濮存昕（中國戲劇家協會主席）

　　李舸是我的好友，經他介紹，認識了他的好友劉宇。劉宇曾是國家派出的資深戰地記者，歷經波黑內戰、科索沃危機和印度洋海嘯，他有著越是艱險越向前的性情。這一點，會讓今天有英雄主義情結的青年人刮目相看。所以當李舸問

他願不願意同行上疫情前線，他立馬應戰，並說僅憑武漢女婿這條也得「必須必」！他的四五個人的小組就這樣輕裝去了武漢，一幹就是 66 天，直到武漢解禁後的 4 月 25 日，他們沒有一個倒下，回京了。

劉宇的神奇處，在於他是個剛剛退休的「自由人」。除了和李舸他們完成拍攝馳援一線的醫務人員的報導任務之外，他能有本事走街串巷，沒有什麼特殊通行證、介紹信，就進了居民區，甚至走訪了病患人家，交了不少百姓朋友，人家也願意跟他掏心窩子。他不僅拍照，還寫文章。這讓我想到了孫悟空，他就是個行者，無所不能！66 天他沒閒著，這本《武漢抗疫手記》是他不停地按動快門，隨手速記，徹夜改稿寫出來的。我為劉宇寫寄語時給李舸打電話問詢細節，他告訴我今天正是他們幾個按規定回京隔離的最後一天，下午就可以與各自的家人團聚了。我不禁心頭一熱。顯然劉宇回來後的隔離期間還是沒閒著，只爭朝夕地要出書了。

《武漢抗疫手記》的獨特是劉宇以個人身份親歷親為，自主書寫的中國抗擊新冠疫情的同步實錄，圖文並茂，全面而且深入地記錄抗疫英雄事和市井民間情。這場突如其來、殃及全世界的疫情災難，中國抗疫的實證必有劉宇此書的貢獻。我想這位馳援武漢一線最年長的記者，能有如此吃苦耐勞之精神，這來源於當年他作為戰地記者，經歷過生命極限的修煉。他能每天蝸居在一百來元住宿條件的小旅館，從冬到春熬過雨季，缺吃少喝不說，還要克服衣服曬不乾、被子無處洗，常沒有專業、全套防護服的困難，幹了 66 天，沒

災沒病地撤回北京，不是奇跡是什麼？

我這個演員羞愧啊，疫情面前無能為力，只有真誠地為劉宇這樣的抗疫英雄鼓掌喝彩，為這本書的出版祝賀！有這本書，歷史誰也不會忘記。

濮存昕主席寄語手跡

馮雙白（中國舞蹈家協會主席）

敢於闖過暴風雨，才能領略不一般的境界；用心感受細微處，才能發現人世間的大愛。劉宇的「抗疫手記」，就是他心懷大愛在武漢抗疫最中心處為歷史留下的影像世界和心靈軌跡。看過之後大為震撼，好多次淒然淚下，不僅僅因其謀篇宏大和志向高遠，更因其真實而細膩的鏡頭語言、別具一格的文字 —— 這才是真正彰顯歷史本質力量的武漢抗疫日記！

馮雙白主席寄語手跡

潘魯生（中國民間文藝家協會主席）

在抗擊疫情的特殊戰場上，劉宇以戰地記者的敏銳視角，以藝術工作者的為民情懷，多維度、多角度的觀察、記

錄、書寫瞬間的歷史，最大限度地還原了現場的真實。記錄的人，有面對洶湧疫情暫時的猶豫掙扎、迷茫彷徨，更有信心和希望；記錄的事，有普通醫護工作者風雨兼程、苦累堅守，更有溫暖和陽光。他用樸實的文字、真摯的情感、細膩的筆觸，告訴人們真實的歷史，為「抗疫」作了可信的注解；以一名文藝工作者的責任擔當，為歷史存浩然正氣，為時代樹英雄群像。

潘魯生主席寄語手跡

李舸（中國攝影家協會主席）

　　我接到赴武漢拍攝的任務，第一反應是打電話給劉宇，詢問他能否同行。原因是他剛退休，行動自由，再則身體很好，當然更重要的，他還是武漢女婿。劉宇剛開始略顯遲疑，可能是一下沒反應過來。然後我說，去武漢，完全自願，不勉強。他馬上說，好，跟你走。

　　從 2 月 20 日到 4 月 25 日，在武漢整整 66 天，我和劉宇共同經歷了從淒冷凋零的寒冬到姹紫嫣紅的暖春，從無知無助的恐慌到從容應對的淡定，從搶救生命的「紅區」到隔離生活的社區，從街巷空寂的停擺到人聲喧嘩的解封，從拍攝 4.2 萬餘名醫療隊員到面對上千萬武漢市民。我們留下的不是局外人的冷眼旁觀與獵奇，而是親歷者的深度記錄與

思考。

82 年前的 1938 年，著名戰地攝影記者羅伯特‧卡帕在武漢記錄下中國人民英勇抗戰的感人場景；同一年，攝影家吳印咸等人也是將在武漢接受荷蘭紀錄片導演伊文思捐贈的攝影機帶往延安，開創了中國革命攝影事業的新局面。與攝影的緣分和戰爭的洗禮，使武漢在我們心中有著特殊的情感。

在武漢，劉宇不僅用攝影直擊現實的獨特力量並參與其中，更以細膩深刻的生命體驗文字表達了他的人文觀照。

《武漢抗疫手記》包含了多重的社會意義，更富有深刻的精神內涵。一線醫護人員的面容上遠不止那些汗水和勒痕，普通武漢市民的情感中也絕不僅是悲苦與喜樂，劉宇要考量的是他們在特定環境下的內心向度，這也許才是它成為文獻檔案的可能。我們需要深度發現，既應以深度介入歷史和干預現實而彰顯攝影以圖證史的社會功能，也應以有重量的精神行動和人文立場去建構文本以及文化人的內在價值。

李舸主席寄語手跡

目錄

自序：
如果不記下來，
我怕將來會忘記

　　26 篇手記，260 多張照片，6 萬餘字，這是 60 歲的我在武漢的 66 天裏發在自己的微信公眾號「劉宇別有所圖」的內容。

　　我在每一篇文圖的後面都附了一句話：「如果不記下來，我怕將來會忘記。」這個體會來自於我在赴武漢前一直在做的事情 —— 編輯自己的圖文書。這個工作進行得異常艱難，儘管照片會幫著你回憶，但是那些細節、味道、氣息 …… 隨著時間的流逝，越發模糊，再也找不回來了。

　　沒有想到可以堅持下來，我本以為幾天新鮮勁過去，靈感會枯竭。但是，當你真正走進武漢，接觸了那些醫護人員、志願者和普通市民，見到了太多悲歡離合、喜怒哀樂 …… 如果不記下來，會憋得難受，後來發愁的只是時間不夠。

　　我是科比的球迷，他走了，但他的話我一直記得：你知道洛杉磯凌晨四點鐘是什麼樣子嗎？滿天星星，寥落的燈光，我的耳中只有籃球空心入網的聲音。我基本上白天拍照

片，上半夜整文件，下半夜寫文章。經常在熬了整夜，拭乾眼淚之後，可以聽到後窗外的鳥鳴，但是這一切都是值得的。

我們此行的主要任務是為 4.2 萬餘名醫護人員拍攝肖像，這無疑是世界攝影史上的創舉。在上百位攝影師的努力下，完成了當初看似不可能完成的任務。我感覺，我們是以攝影的方式，替國家表達對他們的敬意。也許那一張肖像和別人沒有關係，也可能定格的不是他們最好看的樣子。但我想在這樣一個特殊的時期留下的瞬間，對於他們，對於他們的家庭，可能就是一生中最值得珍藏的記憶。什麼是好照片？我記得一個日本攝影師說過，好照片就是翻開老照片時帶來的感動。

與此同時，我儘可能擠出時間記錄封城下的武漢人和滯留的外地人的生活。這不僅僅因為我是武漢女婿，對這座城市有感情。封城史無前例，儘管疫情仍在全球蔓延，但如果沒有千萬武漢人的硬扛，中國抗疫不可能在相對短的時間內取得階段性的勝利。在我們感恩仁心大愛的白衣天使時，永遠也不應該忘記武漢人付出的代價和作出的貢獻。

一個攝影師應該具有悲天憫人的情懷，我們的照相機不是冷冰冰的金屬，它帶著人的體溫，你是什麼樣的人，你的照片和文字就是什麼樣的。當我們試著用良善的心去打量世界，世界也會變得好看一些。我並沒有給自己設定主題，當我回過頭來看，其實是說的一件事，就是大難之下的大愛。那些普通人身上閃爍出人性的光輝，無時無刻不帶給我感

動；即便涉及到陰暗和冷酷的一面，更反襯出他們的可貴。

攝影術發明以前，人類的歷史主要是用文字書寫的。攝影打開了另一扇觀看世界的窗子，它也是映射自己內心的鏡子。儘管 180 年來，攝影變得多元化，但在記錄現實生活方面，愈發顯示出強大的力量。留下的無數經典作品，讓人們看到這張照片，就可以想起那件事情；想起那件事情，也會記起這張照片。

但是我也認為，靜態照片是有局限的，特別是在傳播環境和手段發生巨變的今天，更是這樣。我總覺得只有加上前後的故事，才更能還原被攝者那一刻為什麼會那樣。一圖勝千言的時代已經過去，歷史不是一張照片可以承載的，我不是為了追求所謂「大片」來武漢的。只希望把用心感受到的東西，通過一張照片、一篇文字、一段視頻，甚至是一首歌傳播給受眾，僅此而已。我記錄的是別人的故事，也是自己對生活的感悟。來武漢前，每天大量的時間花在閱讀有關疫情的帖子，但當置身武漢後，我很少看了。一是沒時間，二是只希望用自己的眼睛去發現。

我當然知道，任何個體性的描述都是單向性的，甚至是片面的。但是，整體不是個體的集合嗎？千萬武漢人就有千萬個故事，即便媒體人耗盡所有心力，也無法呈現出事件全貌之萬一。在面對同一個事件的時候，每個攝影師看到的一樣，呈現出來也可能完全不同。照片只是時間的碎片，但當把這些碎片拼接在一起，現在或者以後，人們就有可能相對全面地看到武漢在 2020 年冬春發生了什麼，我能做的也

只是提供其中一塊碎片。就像數碼相機，像素越高，圖像越清晰。我從來沒打算給什麼人或事定性，這是攝影師無力完成的；只能保證記錄真人真事，表達真情實感。

互聯網傳播顯示了它強大的能量，但是即時性的特點也決定了用紙質方式留存仍然是有價值的。因為需要銘記這段歷史的，不只是今天的人們。

劉 宇

能置身世界矚目的時
間和空間交匯的那個
點上，對我們是一種
幸運。

「距離武漢
不足10公里」

李醫、陸黎明、作者、柴暹（從右至左）在列車上（季春紅 攝）

2020 年 2 月 20 日 21 點，高鐵車廂上滾動的液晶屏上顯示：「距武漢不足 10 公里。」我隨手拍了一張照片發在微信朋友圈，立刻炸了。之前沒有告訴任何朋友，我知道一旦講了，所有時間都會被用來回覆大家的關切，而從得到通知到登上火車，我只有一天時間。

　　雖然 2019 年底已滿 60 歲，我還是堅持上班到春節前的最後一個工作日。本以為，我的職業攝影生涯將會定格在那一天。從此，攝影於我，沒有任務，只是愛好。

　　直到 1 月 23 日宣佈離漢通道關閉，人們才真正意識到了新冠病毒疫情的嚴重性。北京的管控一天比一天嚴。雖然行動還算自由，可人是社交的動物，當無處可去的時候，自由也失去了意義。我除了隔一天給患重病的老母親送一次飯外，基本上憋在家裏。

　　1983 年從中國人民大學新聞系畢業分配到新華社攝影部，37 年了，從來沒有離開過攝影。如果從高中時期接觸攝影算起，年頭更長了，積壓了太多老照片要整理。早開始的兩部書稿，終於有時間延續，但是這個過程一點都沒有帶給我樂趣。白天總是東磨西蹭，直到午夜才能靜下心來開始幹活，常常上床時已快天亮，一覺睡到中午，生物鐘完全亂掉了。

　　2 月 19 日中午 11 點多，中國攝影家協會主席李舸打來電話的時候，我睡得正香。他第一句話就問，你去不去武漢？本來迷迷糊糊的我一下清醒起來。他解釋，中央指導組宣傳組要求中國攝影家協會組建攝影小分隊赴武漢。我心想

總要先和家裏人打個招呼吧，就說：「容我考慮一刻鐘吧。」他回：「你考慮一下午都行，千萬不用勉強。」得了，既然這麼說還考慮什麼呀，我說：「去！」

放下電話，在一旁的妻子問，你要去武漢？嗯。我沒有多說，她也沒有多問。這麼多年，她已經習慣了。丈母娘聽說我要去武漢，說：「你去那兒幹什麼？街上都沒人的。」她是武漢人，剛剛做過手術，去年 12 月份來北京養病。其實，具體做什麼，多長時間，我也不清楚。我只說了一句「有工作」，就去整理器材了。

與李舸相識應該有 20 多年了，多次一起並肩戰鬥，巧的是還經常被分在一個房間。2007 年 7 月淮河流域發大洪水，我們手拉手在洪水中前行的情景，我一直都記得。過去當記者，總覺得全世界發生的事情都和自己有關係，衝在一線責無旁貸。自從我調任中國攝影家協會，他當了主席，我們之間的聯繫反而更多了，一起策劃實施了不少活動。但是重返一線採訪，我再沒有奢望過。他第一時間能想起我，可能是覺得我的油箱裏還有油。我能做的，就是用努力來回報信任。

協會派車先接李舸，路過我家時捎上我。李舸主席見到我妻子，帶著歉意說，不好意思啊。當攝影記者，對家庭總有虧欠之情。但是，我們都記得戰地記者的那句名言「如果你不能制止戰爭，就把戰爭的真相告訴世界」。同樣的，我們希望世間永遠沒有災難，但這只能是個美好的願望。我們能做的是，到一線去，把真相告訴大家。能置身世界矚目的

圖上｜列車液晶屏顯示「武漢不足 10 公里」

圖中｜ 2007 年 7 月 11 日，安徽省潁上縣，李舸（前）與作者（中）
在洪水中採訪（陳曄華 攝）

圖下｜昕昕在北京途經武漢的列車上

時間和空間交匯的那個點 —— 武漢，對我們來說是一種幸運。攝影是上天賜給我們的禮物，讓我們有機會見到不同的風景，走進陌生人的生活。

同行的還有中國攝影報社的副總編輯柴選、中國攝協網站的編輯陳黎明，後來影像中國網的主編曹旭也從北京趕來增援。從攝協出發的時候，我只帶了一個小小的旅行箱和雙肩包，裏面裝的大部分是攝影器材，甚至口罩也只有臉上戴的一個。協會的同事們想得真周到，在半天內準備了各種物品，塞滿兩個大箱子。協會領導和值班的同事們，為我們舉行了一個簡短的歡送儀式，並且把我們一直送到車站，讓我們深深感受到大家庭的溫暖。

在火車上遇到光明網圖片事業部總監季春紅和他的兩位同事。除此之外，車廂裏的旅客就所剩無幾了。同車廂一個叫昕昕的 8 歲女孩，兩個月前被外公、外婆帶著到北京練習花樣滑冰，武漢封城後滯留北京。我想，這次回到武漢，她面對的將是不一樣的武漢，不一樣的生活。

我雖然是武漢女婿，但武漢去得並不多。記得有一年春節妻子回武漢過年，我因為初一要值班，她氣鼓鼓地自己走了。想想確實有些年頭沒去武漢了，大過年的不想惹老婆生氣，就買了初二的火車票，上車前才告訴她。第二天出站時接到她的電話：「我們在出站口，你是買的 7 點到站那趟車嗎？」我：「沒錯啊！」她：「你的票是買到哪裏的？」我：「武昌啊！」她：「你難道連丈母娘住在漢口都不知道嗎？」

去年在武漢講課，飛機遇暴雨取消。我只好自己訂了第

二天的高鐵票，武漢站、武昌站、漢口站⋯⋯心裏盤算半天，結果還是去錯了車站，要怪就怪自己丈母娘家去的少。大武漢，大武漢，全國能稱「大」的城市一共也沒幾個吧。我從沒想到，會在這樣一種情形下，來到這座對我來說仍然陌生的城市，更無法想像出將會面臨什麼。

武漢站到了。接站的工作人員上車後，先把汽車前後車窗打開，涼風打在臉上。街上見不到行人和車輛，我能想到的一個詞是「蕭殺」。

那束微光，是愛的力量和生的希望，提燈精神就是希望之源。

O2

是最美

你在我心裏

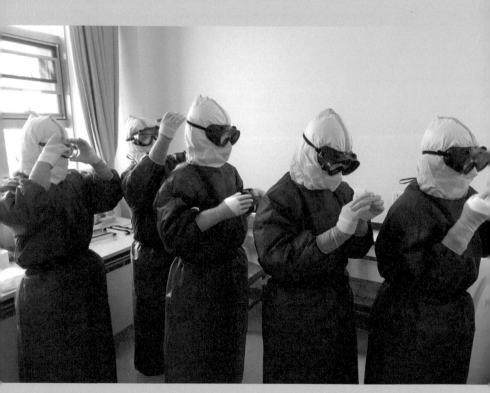

北京醫院國家醫療隊醫護人員在同濟醫院中法新城院區穿戴防護裝備

抵達武漢當晚，放下行李後，我們就趕去參加中央指導組宣傳組召集的會議。參會的還有當地宣傳部、文聯、攝協、媒體的負責人。此行的任務明確下來：要迅速組織攝影人為援鄂醫療隊的白衣天使拍攝肖像，4 萬多醫務人員全覆蓋，這是攝影史上難尋先例的工程。不知道這些肖像將來怎麼利用，我希望能建一堵英雄牆，讓人們永遠記住他們。

　　有人說，在武漢會遇到很多新朋友，但是將來再見到時，可能還是不認識，因為大家都戴著口罩。當天會後到戶外抽煙摘下口罩，才發現剛才好幾個一起開會的是老朋友。湖北攝協的楊發維主席也認識多年了，他要組織武漢本地的攝影師參與拍攝，壓力很大。對於我們這些職業攝影記者來說，衝上一線是本分；而對於攝影愛好者來說，這並不是必須承擔的職責，尤其是在他們目睹了親朋好友感染甚至離去的時候依然挺身而出，這需要極大的勇氣。

　　第二天，我們先後來到華中科技大學同濟醫院中法新城院區和武漢大學人民醫院東院，一共有 30 多支來自全國各地的醫療隊在這兩家醫院工作，收治的大部分是重症患者。我們的任務是對接、採點、試拍，為後續正式拍攝作準備。見到了各支醫療隊的負責人，他們都很支持我們的工作。

　　我們 4 人分成兩個小組，我和陳黎明結伴。計劃是先拍攝湘雅二院和北京醫院的醫護人員。拍攝地點定在他們穿戴防護裝備的小房間，他們要經過 13 道流程，感控人員嚴格檢查之後，再穿過 5 道隔離門，才能進入污染區。

　　為了不影響醫護人員的工作，我們只能利用他們交接班

圖上｜北京醫院國家醫療隊的醫護人員在吃工作餐

圖下｜李蘭娟院士在國家醫療隊指揮中心通過網絡視頻指導一線醫務人員診療

圖右｜陝西第三批援鄂醫療隊隊員合影

的空當拍攝。各支醫療隊每天四班倒，上崗時間大同小異，一個病區同時上崗的醫護人員只有七八位。有的病區接班時間相差1小時，我們就利用這個時間差同時拍兩個隊，上上下下來回跑，一天下來也只能拍幾十人。在武漢的醫務人員有4萬多人，要全部拍下來，似乎是一項不可能完成的任務，只能先拍起來，再想辦法吧。

一位剛從重症病房換班下來的小護士說：「哎呀，現在太醜了，能不能把我拍得漂亮點？」我們說，你現在就是最美的。北京醫院愛笑的小護士路惠貞先拍了幾張，都是笑呵呵的。她說：「不行，我笑起來不好看，能不能再拍個不笑的。」結果再拍的時候，笑得更加停不下來。

在拍攝肖像的同時，黎明打算拍一個視頻短片，問每人一個問題：「疫情結束以後，最想做的第一件事情是什麼？」有的說：「想和爸爸媽媽吃一頓團圓飯」，有的說：「拼我剛買的樂高積木」，還有的說：「答應兒子的旅行一定要補給他」。有個護士不知說什麼好，同伴出主意，你也和寶貝說一句話唄。她說：「不能和我說孩子，提起來，我就想哭……」他們是英雄，也是普通人，願望都那麼簡單，平時輕易可得，現在實現卻好難。

在走廊拍攝時，聽到一位醫生在打電話：「開始有點發燒，送到醫院後，突然上到39度多，燒了4天，人都迷糊了……我最擔心老人和孩子，萬幸還好……14天都不一定夠……這個病毒很詭異……」

他放下電話，他就回去工作了。詢問得知，他是同濟醫

院的醫生，愛人確診了新冠肺炎，病情穩定後出院，現正在隔離中。而他一直在抗擊疫情的一線救治病人。他的名字叫鄭華。

為了提高拍攝效率，我們後來的拍攝主要在醫療隊的駐地進行。在拍攝陝西第三批援鄂醫療隊時，見到陝西「鄉黨」分外親切。15 年前我曾在陝西寶雞掛職，能講幾句陝西話，就冒充了一把陝西人。這支醫療隊是由陝西多家醫院的醫護人員組成的，拍完了肖像，各組紛紛讓我給他們拍合影，然後主動加我的微信，希望能早點看到照片。從他們的朋友圈中，我了解到這樣一個故事：

光谷方艙醫院可容納 850 到 900 個病人，晚上為了避免影響患者休息，除了地燈，其他的燈全部會關掉。西安大興醫院的護士長張亞輝和護士劉杜娟上夜班時，每小時要到 200 多名患者的病床前悄悄查看一遍。看到沒有睡覺的，會叮囑早點休息；被子掉地上了，會幫忙蓋上；如果發現異常就通知醫生。她們是僅憑手機照明的微弱光源，完成這些工作的。凌晨 3 點，這一幕被還未熟睡的患者用手機拍下來了，並將照片分享給張亞輝，稱她們為「提燈女神」。

19 世紀 50 年代，英國、法國、土耳其與俄國爆發了克里米亞戰爭。英國護士南丁格爾主動申請擔任戰地護士。每個夜晚，她都手執風燈巡視，傷病員們稱她為「提燈女神」。那束微光，是愛的力量和生的希望，提燈精神就是希望之源。

圖左｜中日友好醫院護士冷旭彤
圖右｜西安大興醫院的護士長張亞輝和護士劉杜娟在光谷方艙醫院值夜班
　　　（張亞輝 提供）

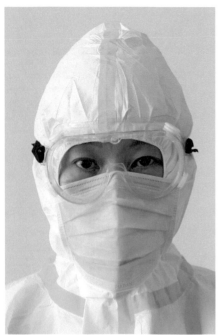

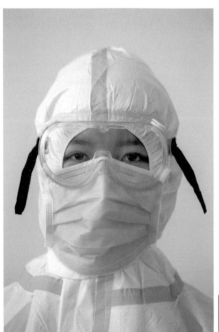

上左、上右，徐燦（中南大學湘雅二院）；下左、下右，賴曉珊（中南大學湘雅二院）

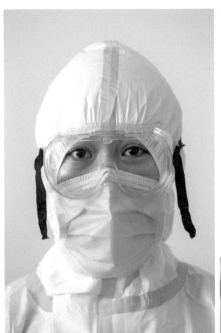

上左、上右，熊興（中南大學湘雅二院）；下左、下右，李艷（中南大學湘雅二院）

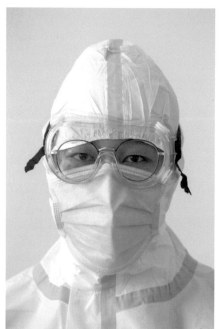

上左、上右，羅銀鴿（中南大學湘雅二院）；下左、下右，陳婉鈺（中南大學湘雅二院）

上左、上右，王文麗（中南大學湘雅二院）；下左、下右，周霏（中南大學湘雅二院）

那麼多武漢人在用自己的方式，守護著這座遭受了巨大傷痛的城市。

03 ╲

雖然我不知道你是誰

2月24日，武漢「理疫之邦」理髮志願者服務隊，義務為參加抗擊疫情的醫務人員理髮

在同濟醫院中法新城院區拍攝北京醫療隊的醫護人員時，我看到一位中年男人上個班就在這裏，又跟著下一班換隔離服。我問：「您還沒拍吧？」他說：「不用給我拍，我是保潔員。」旁邊的護士說：「他也辛苦著呢，一天跟幾個班，負責收集重症病房裏的垃圾，面對的危險與醫生護士一樣大。」他們換好隔離服就進入紅區了，我有點後悔剛才沒有給保潔大叔留個影，我發現走廊裏有一扇被封死的玻璃門，可以看到醫護人員從病房裏出出進進的身影。在那裏，我只遠遠拍到了保潔大叔的背影。

農曆二月初二，民諺有「二月二，龍抬頭，孩子大人要剃頭」的說法，取個驅邪攘災、納祥轉運的彩頭。疫情期間，理髮成了難事。武漢一些髮廊的技師從 2 月 3 日開始自發成立了「理疫之邦」理髮志願者服務隊，義務為參加抗擊疫情的醫務人員理髮。30 多名理髮師每天在各支醫療隊駐地之間奔波。20 天來，接受他們服務的醫護人員已達 4,000 餘人。

我上午趕到漢口醫院醫護人員駐地宜尚酒店時，技師們已經忙乎開了，門口排起長隊。一位技師說，今天已經接了十幾個醫療隊的電話，也有街道、城管、環衛等部門與他們聯繫，但只能優先滿足醫療隊了。

拍攝間隙，我與門口看理髮的兩個志願者聊天，你們也想理髮嗎？他們摘下帽子亮出光頭說，自己剃的，並找出手機裏的生活照給我看。一個酷大叔，一個帥小夥。

他倆是江岸區新村街社區的居民，疫情爆發後，就報名

負責收集醫學垃圾的保潔大叔

當了志願者，負責轉運社區內的病人。近距離接觸患者，是極其危險的工作。安全起見，其中一個每天回家後把自己封閉在小房間裏隔離；另一個索性把老婆孩子送到了親戚家。我給他們和轉運車合了個影。

那天在北京醫院醫療隊駐地拍到天黑，李舸和我都帶了小型 LED 燈，但功率不大，也沒支架。陳黎明主拍，李舸、柴選和我舉燈，即便如此，效果也差強人意。我就琢磨著能否補充一些器材。求助北京的同事，他們聯繫了好幾家器材廠家和經銷商，本地的商家都歇業了，外地網購下周才能運到。其中一個賣攝影燈的老闆答應幫忙，但他被封在小區裏出不來。我們正打算碰碰運氣把他接出來，得知情況的武漢影友黃一凱和俞詩恆找出自用的攝影燈，借給了我們。後來，佳能的老朋友馬志軍，託增援的影像中國網主編曹旭帶來 4 個閃光燈。這樣，我們可以隨時隨地佈置起來一個相對專業的人像攝影棚，可以不必受環境和光線的限制，全天候地把心思全用在拍照片上。哪怕是一張標準照，我也希望是專業水準的。

還有一個問題是交通工具。湖北省委宣傳部給小分隊提供了一輛車。但師傅把我們送到拍攝點後，還要忙別的事情。晚上拍攝結束，等車也耽誤不少寶貴的時間，分開行動就更加不便。我聯繫租車平台，多數無人接聽。最後搜到一個租車電話，接電話的小夥子手頭還有一輛現代悅動，說好每天 150 元。

我們趕到小夥子位於漢陽鸚鵡洲的小區門口時，他已經

在柵欄門裏等候，說什麼保安也不放他出來。我們的車上有省委宣傳部的車證，我拿著和門衛商量，終於放行了。來到幾百米外的停車場，結果小夥子忘帶鑰匙了，又跑回去取。等待的時候，我和孤零零坐在社區門口的保安聊天，他的工作就是阻止居民進出。白天黑夜地露天值守，真是不容易。他告訴我，原來每月的工資是 1468 元，從上個月 15 日就開始在這裏值班了，並沒有任何額外的收入。

這時，下起了小雨，租車小夥回來了。車子因為一個多月沒開過，電瓶虧電，他摸黑找了一個備用電瓶把車打著。我問租車需要什麼手續，他說你們在單子上簽個字，回去把證件拍給我就行了。得知我們在為醫護人員拍照。他說，你們把車開走吧，不收你們錢了。然後小夥子匆匆離開。直到他消失在夜色中，我還沒回過神來——沒看證件，沒收押金，就把一輛汽車借給兩個素不相識的人，還有這種操作？這心也太大了。甚至，我連他的名字都不知道，只記得，姓文。

開車轉個彎就上了鸚鵡洲長江大橋。黎明背起唐代詩人崔顥的詩句：晴川歷歷漢陽樹，芳草萋萋鸚鵡洲。日暮鄉關何處是？煙波江上使人愁。武漢的夜色依然很美，只是少了幾分生氣，好似空城。但還是有那麼多武漢人在用自己的方式，守護著這座遭受了巨大傷痛的城市。我回味著遇到的這些小事，打算記下來。陳黎明從小在武漢長大，我說，武漢人太好了，手記就用這個題目怎麼樣？他說，太直白了吧。我答，這真是我現在想說的話啊……

租車公司的小文

04

短髮女孩

真希望她們能早日回家，「脫我戰時袍，著我舊時裳。當窗理雲鬢，對鏡帖花黃。」

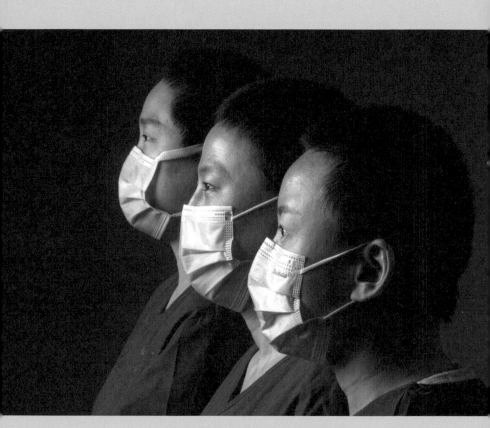

3月1日，西安交通大學第二附屬醫院醫療隊醫生張美真、護士郝會香和韋飛（從左至右）在武漢合影

說是女孩，其實她們都已經是三十出頭的母親了。美真、會香、韋飛是我在西安交通大學第二附屬醫院醫療隊的駐地認識的，他們是兒科的醫生或護士。當天，我和陳黎明拍了 100 多位醫護人員的肖像，之所以很容易記住她們，是因為都留了像男孩子一樣的短髮。當我打算記下她們的故事的時候，我曾問韋飛，你是願意稱你們女人還是女孩？她說，那還是女孩吧，感覺女人把我們叫老了。

　　前一段時間關於女醫護人員剃頭的報道挺多的，當女孩流淚把一頭秀髮剪掉的時候，觀者無不動容。也有評論說，這是為了博眼球；她們流淚，是因為她們不情願；甚至認為強迫剃光頭是對她們人格的侮辱。我不知道，有這樣的想法是不是因為某些媒體過度渲染了「削髮明志」的含義，其實，他們想多了。沒有人強迫，她們把頭髮剪短，僅僅是為了好打理，盡可能減少病毒污染的風險。我在醫院看到，她們在進入污染區前，算上連體防護服，頭上要套三層帽子，帽子把頭箍得緊緊的，一根頭髮絲也不能露出來。而要把披肩長髮全部塞到帽子裏，確實麻煩很多。即便不剪成短髮，多數也會把長髮後面的髮根剪短。

　　「二月二」拍志願者義務理髮時，同行的幾個記者順便把頭髮剪了。我本來也打算剃個光頭，直到坐定，還是退縮了。我一個頭髮稀疏的老爺們都經過了一番心理鬥爭，這事放在愛美的女孩身上，的確是需要下大決心的。

　　我們在拍攝過程中，都會與醫護聊一聊，一方面是為了調動他們的情緒，另一方面也希望通過這樣的方式讓他們

放鬆一下緊繃的心情。和這幾個女孩聊天時，她們說的最多的是孩子，這的確是女人心裏最柔軟的部分。雖然她們的故事是相似的，但是作為女兒、母親、妻子，背後是一雙雙擔憂、期待她們的目光，以及難以想像的付出。下面的話都是她們說的：

張美真（西安交大二院兒科醫生）

我是這次我們科來武漢的醫生中最小的。下午四五點收到通知時，我正跟孩子玩。當時報名的時候我想，既然選了這個職業，還是覺得應該過來，本來也報了自己醫院的發熱門診。開始老公是同意的，後來又有點猶豫，畢竟孩子太小、風險太大。我就自己把表填了，到晚上 11 點半的時候，我剛哄完孩子睡覺，就接到了電話。我是一個比較內向的人，但是遇到事情還是比較有主意。一直都是這樣的，所以我爸叫我「傻大膽」。

我們是 2 月 8 號晚上到的，那還是形勢比較緊張的時候。環境是全新的，這邊的流程、電腦系統都不太熟悉，對這個病也是第一次接觸。但我感覺值第二個班時就好些了。我們接診的病人主要是有合併症的病人。一開始整個病區 50 個病人全要管，後來就換成了大家分開管，每個人管十幾個，這樣對病人的病情和診療都更熟悉，慢慢到現在就比較順了。

張美真

　　現在孩子是公公婆婆和我媽在帶，我爸媽一直都很支持我，讓我把自己保護好就行了，只要孩子好，她累一點也沒關係。我婆婆現在主要給孩子做飯，每天變花樣。她們希望等我回去以後，能看到一個健康的孩子。

　　我有個 1 歲 7 個月大的兒子。在這邊和大人視頻時，會讓他們拿攝像頭對一下孩子，我不說話，錄好了再給我看。直接視頻我覺得受不了，我怕我會哭，他也哭。

　　剛來的幾天很想孩子，調整之後已經好很多了。昨天晚上找照片，我又哭了一晚上，發現我自己的單人照很少，看了很多跟孩子的合影，我希望寶寶將來成為一個有自信、有愛心的人，比媽媽優秀。我覺得勝利的希望已經看到了，咱們都要好好的。

郝會香（西安交大二院兒科副護士長）

報名的時候也沒想太多。2003 年「非典」的時候，我還在上學；2008 年汶川地震那年，我剛畢業，覺得醫護人員挺偉大的。我們現在正是風華正茂的時候，覺得應該參與這個事情，盡自己的一點力量。

當天晚上決定以後，第二天到科室，覺得自己頭髮比較長，戴帽子容易露出頭髮，增加感染的機會，就在病房剪了。每個人在保護自己的同時，其實也是在保護自己的戰友。

郝會香

我老公挺支持的，雖然不想讓我來，但他知道這個事的重要性。我沒有告訴爸媽。來這邊四五天的時候，我爸看了新聞，凌晨給我打電話，我就慌了。他今年剛動過手術，做了兩個支架，我還以為他身體出了什麼問題。

我們病區重症患者比較多。裏面沒有家屬，我們除了承擔醫療護理，還要負責生活護理，年紀大的病人吃喝拉撒都需要護士來完成。剛開始，病人的心理負擔比較重，情緒也不是特別好，但是經過我們護理人員作心理輔導，近期病人的心理狀況好了一些。

我孩子馬上 6 歲了，走時只和他說媽媽要出去一段時間。他說：「媽媽，我會想你的。」

老公把孩子送回老家了，後來這麼長時間沒有回來，視頻的時候他說：「媽媽你咋還不回來？你啥時候來接我呀？我想讓你抱抱了。」聽著讓人覺得……

韋飛（西安交大二院兒科護士）

我和香香（郝會香）一個科室，我倆一樣大，同年來的，在一起 11 年了。香香是第一個剪頭髮的，當時都哭了。我想不行，我必須得陪著她，要不然一個人好難受的。我沒有哭，但也有點難受，畢竟是這麼愛美的人，本來顏值不擔當嘛，就靠頭髮了。但是拍合照的

韋飛

時候，還是覺得挺帥的。我還和老公拍了一張照片，我
老公頭髮都比我長，唉……

我的老大7歲，老二4月份生日，估計等我回去2
歲生日都過完了。我報名的時候和老公商量，他沉默了
一會說，你走了，這家咋辦啊，就好像撐不住了。後來
他說，我支持你，去吧，這家你就不用管了。我兒子特
別懂事，他說：「爸爸，你要尊重我媽媽的選擇，我媽
媽想去，你就讓她去。」我一聽我兒子這麼說，就更堅
定了。國家有難，必須得站出來啊。

單位公佈第二天早上8點集合，因為放心不下兩
個孩子，我和老公連夜抱著兩個熟睡中的孩子，送到母
親家裏，囑託他們照顧孩子。此時距離出發時間不到6

個小時了。老公勸我早點睡覺，我盯著睡夢中的兩個孩子，一直睡不著。

天很快就亮了。2月8日這一天是元宵節，一家人要去送我，我堅決不讓。沐沐（老二小名）可能感覺媽媽要走，早早就從床上爬起來找媽媽……

臨出門的那一刻，爸和媽、兒子送我出門，叮囑我保護好自己，我忍住不哭。進入電梯後，終於還是沒能繃得住，淚如雨下，號啕大哭。到了醫院，立刻又像滿血復活的戰士，渾身充滿了無限的能量和信心！

現在老二我爸媽帶著，老大跟著我老公去單位，他爸工作，兒子上網課學習。那天視頻的時候，老大不停地催沐沐叫媽媽，可沐沐只會笑。我悄悄流下了眼淚。後來老公給我寫了封信，兒子的學校也讓寫了，但沒有發給我，是他爸偷偷轉給我的。兒子說：「以後每天和您視頻時，我都帶著弟弟。讓他記住媽媽現在的樣子。雖然媽媽你剃光了頭髮，但依然很漂亮。我都想好了，把我的頭髮剃光給您，您就又和以前一樣漂亮了。您就是我心中的『歐布奧特曼』，是不可戰勝的，為祖國打敗『新冠病毒』這個怪獸，媽媽加油！」

聽了三個女孩講給我的故事，我不知道怎樣形容自己的心情。真希望她們能早日回家，「脫我戰時袍，著我舊時裳。當窗理雲鬢，對鏡帖花黃。」

05、

我們做到了
問心無愧

我不認為我們是在拍攝，而是以相機為媒介，與醫護人員交心。

參與「為天使造像」項目的部分攝影師合影

中國攝協小分隊剛到武漢的時候，協會網站編輯就讓我寫寫這裏的工作情況。之所以一直沒有動筆，是覺得初來乍到，還是不要讓大家把注意力放到我們身上。來武漢有一段時間後，那天恰好我和李舸同時回到駐地，就約他一起聊聊，他答應整理完照片找我。等他敲我門的時候，已近午夜。本想寫個三五百字，結果一聊就是一個多小時。下面是我們聊天的內容：

劉宇（以下簡稱「劉」）： 作為多年的朋友，我今天就想聽聽你的心裏話，為什麼來武漢？

李舸（以下簡稱「李」）： 疫情爆發以來，《人民日報》在武漢始終設有前方報道組，春節期間就派了一個年輕攝影記者，孤軍奮戰一個多月了，也需要補充攝影力量。作為《人民日報》的攝影記者，無論從報社整體部署，還是我個人，都必須來。其實我 1 月底就向社領導請戰了，早準備好隨時出發。網上有人說，攝協主席去武漢是作秀，這是對我不了解。

我們倆是幾十年的戰友和兄弟了，都經歷過國家發生的大喜、大悲、大事件。2003 年「非典」期間，我就主動請纓進到北京中日友好醫院的重症病房待了十幾天，你作為新華社記者也有在海外戰地採訪的經歷。無論從哪個角度說，我們必須衝。

劉： 當初你打電話來，我也有點詫異，到攝協工作以後，覺得不會再有機會上一線了。估計有些人也會質疑，媒

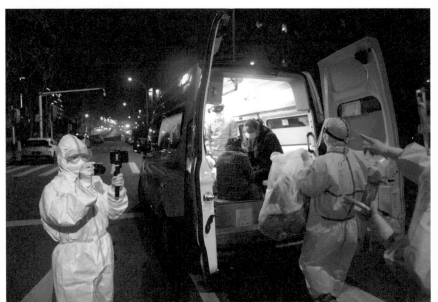

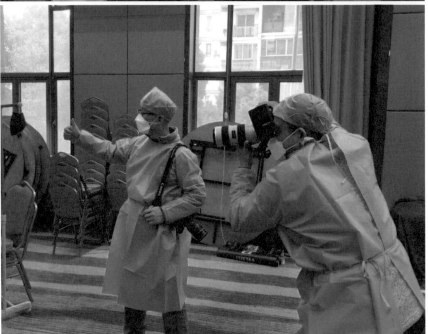

圖上｜曹旭在武漢市中心醫院拍攝轉運病人（李舸 攝）

圖下｜陳黎明（右）和作者為醫護人員拍攝肖像（徐燦 攝）

體人衝到前面可以理解，你們攝協是搞藝術創作的，這時候
去是不是添亂啊？

李：實際上，中國攝協小分隊的成員都是媒體人，同樣
有記錄重大事件的責任。而且中國攝協還受領了一項重要任
務，就是在中央赴湖北指導組宣傳組的統籌安排下，承擔為
支援湖北醫療隊的4萬多名醫務人員拍攝肖像的任務。我們
是把兩個任務合併了。

劉：我們的拍攝分別在醫院和駐地進行，有人擔心，讓
醫護人員摘下口罩，會不會增加他們感染的風險？

李：我們拍攝遵循兩條基本底線：一、絕不能影響正常
的救治和診療；二、絕不能影響醫護人員的安全和休息。這
兩條我們都做到了。在醫院拍攝，我們選的時間窗口，都是
醫護人員交完班，進入清潔區休息空間那麼一個小的空當。
我計算了一下，每個人拍攝只有一分多鐘，真正摘下口罩的
時間只有幾秒鐘。有時拍攝位置就在他們吃飯的桌邊，吃飯
總得摘下口罩吧。有時拍攝點邊上就是淋浴間，牆上貼著
「扔口罩」的字樣。他在進淋浴間之前，會把口罩扔到垃圾
桶裏，就在他們換新口罩的時候，我們給他拍幾張。所以我
們一直嚴格遵循醫院防護的原則和流程。是否接受拍攝，也
完全尊重醫護人員個人的意願。

劉：我也有體會，醫護人員對我們還是非常歡迎的。在
拍攝時，我們也儘可能營造相對輕鬆的氛圍，希望他們能夠
在救治患者之餘，稍微紓解一下緊張的情緒。有不少醫護人
員加了我們的微信，希望早一點看到照片。

李：拍的這些資料不僅要交給國家有關機構、各個省的醫療隊，我們也會精心編輯好，送給每一位醫護人員。

劉：咱們還為醫療隊員錄了一些小視頻，就問一句話「您最想對誰說什麼或最想做什麼？」

李：醫護人員之所以能在這樣一個小小的手機面前說發自肺腑的話，因為他們充分信任、認可我們，把我們當做他們的朋友、家人。

今天遇到福建醫生杜厚偉，是那種很剛硬的漢子。他從病房出來，看到我們正給護士拍攝，覺得那是女孩子喜歡的，嘴裏嘟嚷著，不屑一顧地直接去洗澡了。等他出來，看我們還在等，就說那我也錄一下吧。結果他剛說到：「疫情結束之後，我要好好孝敬父母……」突然失聲痛哭，後來哭到不能自已，實在錄不下去了。他蹲在垃圾桶邊上仍然泣不成聲。最後站起身擺著手說：「對不起！」自己緩緩走向通道拐彎處。

我不認為我們是在拍攝，而是以相機為媒介，與醫護人員交心，這似乎為他們提供了一種釋放情緒的理由和機會，大家面對面就是兄弟姐妹。很多醫護人員說，來武漢已經一個多月了，這種交流和釋放是他們從沒遇到的，也是最需要的。因為在他們眼裏，我們和相機、手機已經不再是陌生人和冰冷的設備，而就是他們的父母、愛人、孩子。他們說，有些話平常在家可能不會對親人說。那天我碰見一位心理衛生科的醫生，她就說，你們這種拍攝的方式，真的是非常好的心理治療。

我覺得，如果有人對咱們有誤解，那怪我們自己。也許我們沒有把真實的工作狀態和跟醫護人員的情感交流充分傳播出來。我們做得不到位，是因為還在記錄中。

劉：當醫護人員真情流露時，我看到你的手也在顫抖。其實我們每個攝影師在工作的時候，眼睛經常是濕潤的。

李：每天我都要跟著流淚好幾次。像你我都經歷過大災大難，也是見過一些生死的人。雖然表面上都不是那種硬漢，但自己覺得內心還是足夠堅毅，可這次我們為什麼變得這樣脆弱和柔軟？因為我們跟他們真正心貼心了。

劉：我在拍攝西安交大二院護士的時候，請她們給我提供一些家人的信。當我看到那些信的時候，淚流滿面，到一邊緩了半天，才能繼續工作。其實也沒什麼豪言壯語，恰恰是她7歲的兒子說：「我在家不欺負弟弟，處處讓著弟弟……」之類的話特別打動人。所以，什麼是好照片，我覺得沒有標準。在特殊時期，一張照片也許對旁人沒有意義，但對他及親人就是最好的紀念。

李：這些天我都睡不好覺，內心一直翻騰。我在想：怎麼理解攝影？相機、手機，或者所謂的攝影技術技巧、方式方法，都只是手段，我們的目的絕不是為了拍攝而拍攝、更不能為了出所謂的作品而拍攝。可能有人說你們沒出好照片，我覺得根本就不需要釐清什麼是好照片，對不對？

還有，作為一個記者、一個攝影人，你是不是要居高臨下、盛氣凌人，舉著手機拿著相機去對著人家拍？還是要謙和、平靜的，完全以一種親人般視角跟人家交流。這還不僅

圖上｜工作人員為柴選（左一）消殺（李舸 攝）

圖下｜李舸（左三）、劉宇（左一）、柴選（右一）、陳黎明（左二）為北
　　　京醫院醫護人員拍攝肖像（湖北衛視 提供）

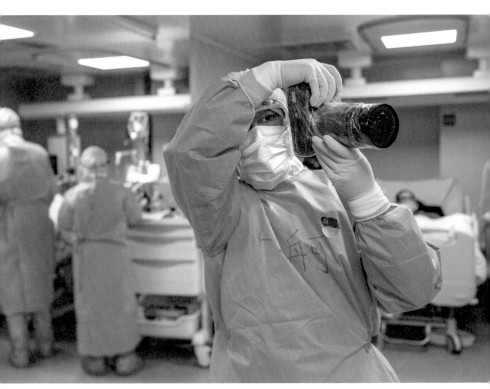

李舸在火神山醫院採訪（徐迅 攝）

「我最牽掛的人」：上左，福建省立醫院護師徐建；上右，山西醫科大學第一醫院護師唐珊；
下左，南昌大學第一附屬醫院謝曉娜（李舸 攝）；下右，吉林大學第一醫院護師宋薇（李舸 攝）

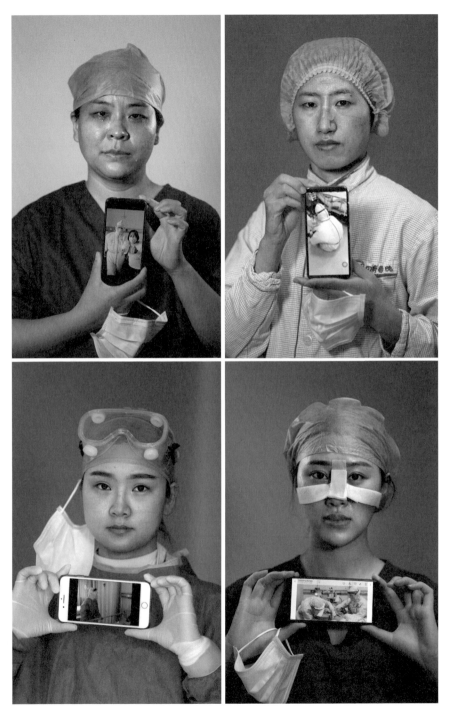

「我最牽掛的人」：上左，山西省長治醫學院附屬和平醫院護師孔婭婭；上右，吉林大學第一醫院護師馬靜宇；下左，武漢協和醫院腫瘤中心蔡小珍；下右，南昌大學第一附屬醫院護師吳映霖（李舸 攝）

是這次抗擊疫情的事，今後任何場合，我們都應該知道自己的位置到底在哪兒。

劉：那天在醫療隊駐地拍到天黑，光線不行了。陳黎明在我們這個團隊裏是最年輕的，他主拍，你、我，還有柴總在旁邊給他打燈補光。護士們叫師傅長、師傅短的，我們也挺知足。那些醫療隊員絕不會想到，攝影助理是中國攝影家協會主席。

李：其實叫什麼，真是無所謂，把我們看成燈架子都行。我還有一個很深的感觸：人這一輩子，到底圖什麼？我們接觸的大量醫護人員都是 90 後。我就想，平時在北京，我們坐公交、進飯館、逛超市，與你擦肩而過的時尚小姑娘、小夥子，你不一定會留意他們。但恰恰是這批孩子，在國家遇到這樣突發緊急狀況的時候，有人衝上來了，而且很多是主動請纓。我相信這些年輕人，也許再過多少年，到了我們這個年紀，每天為了生活而奔波，也許還有各種煩惱和不順，但在孩子們內心一定永遠留存著那麼一抹亮色，因為他們曾經在特殊時期，為國家、為社會做過有擔當的事。

劉：很多攝影圈的朋友希望我們能拍出大片什麼的。我說，我們給醫護人員拍肖像這事兒已經夠大的了。但是作為媒體人，我們確實有記錄當下、為歷史留真的責任。

李：對的，所謂參賽、獲獎，我們不是為這個來的。開始那幾天，我們在醫院裏都超過 10 個小時。連醫護人員都說：「我們每 4 個小時就換班了，你呆這麼長時間，太危險了。」除了拍肖像，我還要完成《人民日報》的報道，每

天發一個專題，就是把所經歷到的這些故事，轉化成新聞，而且這些新聞線索恰恰都是在拍攝肖像的時候，醫護人員有意無意中提供的。比如他們經常會說，特別惦記某某床的患者，所以我就做了一個專題「你是我最牽掛的人」。

劉：人們總覺得，每遇重大事件，應該出一兩張經典照片。我覺得一圖勝千言的時代已經過去了。我們來武漢不是為了追求那一張經典照片來的，對不對？我們就是希望眼睛看到的、用心感受到的這些東西，通過一張肖像、一段視頻、一個故事傳播給受眾，如此而已。也許每個人的視角不一樣，但當把這些碎片拼接在一起，現在或者以後，人們就有可能相對全面地看到武漢在這個特殊時期發生了什麼。至於什麼照片可以成為經典，不是咱們考慮的。

李：那是後人的評價，跟我們無關。就像你說的，如果賦予一種太強的功利色彩，根本做不好，而且會把攝影的名聲搞得很差。我覺得至少我們這個小團隊，做到了問心無愧。

06＼

尋找記憶中的
煙火氣

阿婆坐在漢口一元路附近的社區門口織毛衣，一旁的大姐練習廣場舞

搞定了車輛、器材以及雜七雜八的事情以後，「為天使造像」就進行得非常順暢了。我和搭檔陳黎明終於有點空餘時間，拍些疫情之下武漢的市井生活。陳黎明在武漢長大，我曾問他，為什麼要來武漢。他說，我是來報恩的。

　　有半天時間可以自己支配，我讓陳黎明帶我在市里轉轉。他沒多想，就把我帶到了位於江岸區一片被高樓包圍的老舊街區。說起這裏，他就滔滔不絕。下午在拍攝醫療隊員肖像的空檔，我和黎明聊了一會兒。

　　劉宇（以下簡稱劉）：武漢這麼大，為什麼帶我來這個地方？

　　陳黎明（以下簡稱陳）：我是在福州出生的，後來因為父母工作的關係，轉學到了當時的武漢市實驗學校的小學部，之後又在這裏上了初中。福州給我的感覺不熱鬧，我從小很喜歡熱鬧的氣氛，所以來武漢生活之後，就特別喜歡人多的地方。

　　我們學校周圍有一元路、二曜路、三陽路、四唯路、五福路、六合路，從一到六。這裏留下一些里弄，是租界時期的遺產，建制跟上海的那些里弄是一模一樣的。其實在舊城改造之前，整個漢口，特別是過去沿江的大片租界區，這樣的里弄特別多。

　　裏面居住著大量的工人、小職員、教員，以及各行各業的人，魚龍混雜。你走進去聽不到「之乎者也」，看不到特別多高修養的人，但是你能夠真真切切地感受到武漢老百姓

是怎麼過日子的。

雖然我不是里弄裏長大的孩子，但是我有很多同學生活在裏面。我家住在部隊大院的單元樓，對這種平面化的、敞開式的生活環境有著天然的嚮往。20 世紀 90 年代初上初中時，我最愛幹的一件事情就是往同學家跑，就是圖個熱鬧。比如誰家有遊戲機，下課早的話，一群男孩子就跑去了，擠在很小的空間裏，即使輪不上自己玩，七嘴八舌在旁邊看著也很開心。

街面上遊戲廳、錄像廳特別多；沿著里弄的一圈也有很多小商店；營業到凌晨兩三點鐘的路邊攤，三五步一個個緊挨著，整條街熱鬧非凡。甚至那時已經出現耐克專賣店，小夥伴們也會貼在櫥窗玻璃上，羨慕地看著裏面各種各樣有氣墊的鞋。

到黃昏時各家做飯，記憶裏會有居民支起小柴火爐子，直接在弄堂裏炒菜，嗆人的煙氣散得整個小巷道上都是，但是其中也夾雜著飯菜香。他們端著碗坐在門口吃飯，有時會在屋外打牌、打麻將，空氣中滿是吆五喝六的聲音，好像在社區裏面沒有一戶人家是不互相認識的。那時的武漢人並不富裕，但是他們特別會享受自己的生活。

從小在這裏長大的孩子，天然就多了一堆的叔叔、阿姨、伯伯、嬸嬸，放學走進里弄入口，一分鐘到家門口的路程，可能會和十幾個長輩打招呼，他們就是在這種氣氛中長大的。

我記得余秋雨分析過建築對於中國人生活的影響。在我

小時候，感覺這裏的小世界是交通縱橫的，就像魚網一樣，到處都有路，路邊每棟房子你進去以後都有你的朋友在，就是那種感覺。

這一段生活對我自己的影響很大，比如說怎麼去結交朋友，怎麼去觀察生活，包括後來我愛上藝術，甚至逐漸走上攝影這條路，都跟這種市井畫面有非常強的關係。

所以我也是一個挺愛街拍的人，可能是嘗試再去從畫面裏尋回自己青少年時期的那絲煙火氣，我覺得那是真正有味道、有溫度的畫面。

劉：這次再來這裏，看不到你說的這種場景了。到處都是隔離牆，突如其來的疫情，好像一下子把原來那種鄰里關係打亂了。

陳：這種隔離其實在武漢的發展進程中，已經逐漸產生了。武漢要向現代化城市邁進，越來越多的里弄社區漸漸沒落了。現在的武漢弄堂裏大多居住著老人，過去活潑熱絡的氣氛已不像從前。即使是沒有這次大隔離，平日走進去，它相對也是安安靜靜的。當里弄的孩子逐漸長大之後，他們的世界肯定不再是這樣的空間了，他們嚮往更大的花花世界，所以他們不會選擇回到這裏生活，甚至回家的時間都會變得越來越少。我們那一代的孩子們早就離開遠行了。

劉：我也有這種感覺，我從小生活在建設部大院，放學後，髮小們會在樓前打棒球、踢足球。前兩年我特意回去看看，感覺樓前的院子怎麼變得那麼小。

陳：對。小時候那些里弄的角角落落，足夠可以承載我

一位來自瀋陽做皮貨生意的店主向門外張望。他已經困在店裏一個多月了

圖上｜志願者為住在一元路附近的回民送羊肉
圖中｜住海壽里的阿婆在家看著小孫女製作沙畫
圖下｜海壽里的居民向社區門口的檢查點張望

的遊樂，可現在走進去，還是覺得有些局促，這種感覺真的是因為自己的身體長大了嗎？可能還不完全是，或者說我們的人心變得不純粹了。

劉：社區的工作人員給我們介紹，雖然這裏鄰里關係那麼密切，新冠肺炎的感染率反倒比現代化的大樓低很多，似乎這種建築格局和生活方式也保護了他們。

陳：您有沒有發現，這也是一種城市規劃和城市進程中的隔離（或者說是隔閡）造成的嗎？這些老社區周圍沒有地鐵站，道路是狹窄的，不會有大量的人群往這裏湧動。這裏的小店舖也就滿足附近社區的自給自足，可想而知。這背後他們的生活其實就是偏安一隅，就帶來了這樣的一個萬幸的結果。

劉：儘管大家不會像過去那樣走動了，但我還是能看到鄰里之間的守望相助。比方我看到一個大哥在牆頭這邊問牆裏面的大姐需要帶什麼東西。

陳：我也看到很有意思的畫面，一家外地人開的賣炒貨的小店，店主把捲閘門向上拉出一個很小的開口，顧客和店主都蹲著進行交易。雖然大家生活停滯了，但是這種生活需求還是有。社區管理人員也很無奈，就睜一隻眼閉一隻眼了。再比如擺在里弄入口處的賣菜攤子，疫情中的武漢大量地方是不允許有這種聚集式交易的，但在這裏生活的老人，有許多不會使用 APP 訂菜訂貨，還是習慣於那種用錢易物當面交易的方式。這背後反映的東西，是老式社區生活的小氣候 —— 即使有再大的災難，我也要這麼生活。

在海壽里的小巷裏，我還聽到有人在房間裏唱毛寧和楊鈺瑩那首《心雨》：「我的思念是不可觸摸的網，我的思念不再是決堤的海」。外面是這種緊張的氣氛，她在那唱卡拉OK。聽著飄過來的聲音，我當時有點發呆，這種感覺，你知道吧？

武漢這座城市承載了黎明太多的回憶，人走得再遠，也走不出自己的內心。聽說，要不是因為疫情，漢口剩下的一些老街區也要面臨拆遷改造了。這是現代化進程中難以避免的遺憾，只希望那些在外的遊子回到魂牽夢繞的故鄉時，能夠多少尋回一些曾經的味道。

07、

封城 50 天

當人們回望這場災難的時候，永遠不應該忘記武漢人付出的代價和作出的貢獻。

加油，我加油，战胜病毒有盼头。

小东门天桥

幾名身穿防護服的警察從小東門天橋下走過

3月12日，武漢封城的第50天。累計確診49,986例，新增確診8例、累計死亡2,430例，這是定格在今天的數字。冰冷的數字背後是多少個家庭的擔驚受怕、憂心如焚、生離死別。

　　儘管疫情仍在世界蔓延，儘管普通百姓別無選擇，但如果沒有近千萬武漢人以及滯留武漢的外地人的硬扛，後果更加難以想像。

　　不知道從什麼時候開始，「太難了」成了流行語。太難了，武漢人才真是太難了！

　　封城，不僅僅是把進出武漢的通道封了，而是無數堵隔離牆把每一個社區都封了。千萬人口的大城市啊，當絕大多數居民們的基本生活需求得到解決以後，一些特殊困難如果不是親身遇到，外人很難想像。哪怕做100個預案，也無法細到每一個個體，一些不起眼的小事，對某些人來說，可能就是橫在面前的一座山。

　　武漢老舊小區多，很多家庭做飯還在用罐裝液化氣。剛到武漢我就發現在北京很少見到的現象，電動車後面馱著五六個液化氣罐，穿行在大街小巷。那天在江岸區蘭陵村小區門口，我看到送氣罐的師傅正在和門口的志願者交涉。原來小區規定外來電動車不允許進小區。師傅只能扛起30公斤重的罐子，一趟趟爬樓梯。沒有這些可敬的師傅，一些家庭就可能開不了火。

　　漢口中山路兩旁手機店眾多，但基本都大門緊閉，只有西門子銀行舊址旁的一家小店還開著，鐵柵欄門裏身穿防

師傅把燃氣罐搬到居民家中

護服、戴著志願者袖標的技師看到我掛著相機，趕忙解釋，他是為醫療隊服務的，只是偶爾幫居民解決一下困難。這種情況，我遇到好多次，估計擔心我們是暗訪人員吧。門外的中年男人告訴我，他的手機壞了，無法與家人聯繫。家住漢陽，走了一個多小時，才找到這家小店。手機換屏要 400 元，他用手機掃了 300 元，又掏出 100 元現金。

一些特殊群體所遇到的難處，正常人無法體會。在一元街附近，我看到一個小夥子圍著隔離牆轉悠了半天，最後站在電動車上，向牆裏張望，估計是找什麼人吧。我和他打招呼，他對我比手勢，才發現是個聾啞人。健全人打個電話或者吆喝幾聲就能解決的事，對他來說卻成了難題。

對於老人們來說，日子就更加艱難。武漢大量的醫療資源被用在救治新冠肺炎患者，但這不意味著其他病就不會找上門來。在武漢市中醫醫院門口，一位男子正給老母親身上噴灑酒精。老人 90 歲了，因腸胃病來醫院。武漢的公共交通都停了，他們只能等待社區派車接送。

那天在漢口民權街街道，四五輛救火車呼嘯而過。我們跳上自己的車，跟著來到一個老小區，好在火情並不嚴重。這片巷子非常狹窄，一邊房子伸出去的晾衣杆，幾乎能夠到另一邊的窗子，加上通道被堵死，一旦發生火災，後果不堪設想。一位老人聽到救火車鳴笛，擔心受到波及，不知怎麼從隔離牆裏翻了出來。我們看到他時，他正試圖踩在牆外的電動車上爬回去，試了幾次只能作罷。我們和他聊了幾句，他說當年因為做好事，腿斷了。問他有什麼困難，他說，家

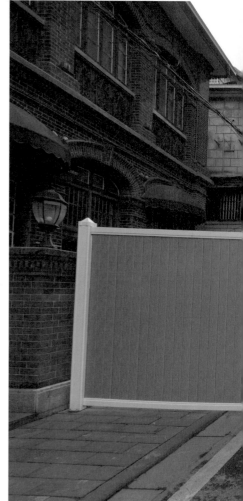

圖上｜一位家住漢陽的居民步行一個多小時，
　　　到江岸區中山路附近的手機店修手機
圖下｜一個到一元路街道的社區找人的聾啞人
　　　向隔離牆裏張望

圖上｜華南海鮮市場全面消殺

圖下｜民權街的一個「發熱門棟」門口被堆滿單車

裏沒錢用了，但是銀行已經兩個月沒開門。我掏出身上僅有的一百元現金，老人說什麼也不要，一瘸一拐地走了。

武漢人還有固定的居所，有些滯留武漢的外地人，住宿、吃飯都成了難題。有關方面已經在盡力幫助他們，設立安置點，提供生活補助，但要全覆蓋難之又難。

最難的恐怕要算有新冠肺炎患者的家庭了吧。我在花樓街附近的居民樓看到，門洞口貼著「發熱門棟」字樣，門外堆滿單車，這樣的隔離比物質的短缺更讓人唏噓。也許這是出於防護的需要，但可以想見，病人的家屬要承受多大的雙重打擊。

當人與外界的聯繫被人為阻斷，城封了，人也要「瘋」了。心靈的創傷，不會隨著解封而立刻消散。50天了，武漢人硬生生熬過來了。他們顯示出令人動容的堅韌、耐性、樂觀……

機關單位、企事業單位的幹部下沉到社區，與社區共參與疫情防控。居民們也組織起來了，建立各種朋友圈，集體採購日用品。平日可能並無交集的鄰居，守望相助，抱團取暖。

無數武漢人冒著感染的更大風險，報名成為志願者，為居民服務。特別是那些滯留武漢的外地人，也加入志願者隊伍，一起守護這座本不屬於他們的城市。

公共交通停運，志願者站出來接送病人和醫護人員。出租車被派往各個社區值守，免費為居民服務。

武漢的街頭空空蕩蕩，見到最多的是快速疾行的快遞小

圖上｜武漢青山區紅鋼城社區的志願者為每戶居民送活魚

圖下｜快遞小哥在江岸區送貨途中

在武漢市中醫醫院門口，一位男子給前來就診的老母親戴口罩

圖左｜江岸區一家藥店在隔離牆上打開一個洞，為居
　　　民賣藥服務
圖右｜志願者在一家市場門口值守

哥和身穿橘黃色工作服的環衛工人。他們保證了近千萬居民
的基本生活供應，也為這座城市保持了體面和尊嚴。

　　武漢人即便有再大的怨氣，也可以理解。但是，對於限
制人們行動自由的警察和社區工作者，居民們表現出極大的
理解和寬容。

　　這些天，武漢的櫻花開了，往年摩肩接踵賞櫻的盛景不再。但春天畢竟來了，夢魘總有醒來的時候。武漢方艙的最後一批患者已經出院，新增病例離清零不遠了，曙光初現。但是，當人們回望這場災難的時候，永遠不應該忘記武漢人付出的代價和作出的貢獻。

08

就會有所見

有所想

小侯（右一）、老朱（右二）、作者（左二）、小馬（左一）在吉慶街頭的
「大排檔」雕像旁合影（小馮 攝）

武漢確是一個神奇的地方。下面說到的幾個人分別都在不同的地方偶遇了幾次，真的是那種不期而遇，在大武漢你說這種概率有多高？

見到他是在 3 月初的一個傍晚，我正和陳黎明在長江大橋上拍照。橋上人車稀少，偶爾經過的路人也是行色匆匆。就見一個騎著共享單車的年輕人，把車扔在地上，用手機拍沿江兩岸的景色。他是那天我們遇到的唯一有閒心停下來看風景的人。他個子不高，頭髮挺長，又戴著口罩，我甚至沒有看清是男孩還是女孩。

我轉了一圈打算回去，遠遠看到黎明和那個年輕人在大橋另一側聊上了，直到走近，我才看清年輕人口罩邊露出的連鬢鬍子，他說已經 40 多天沒刮了。本想過來招呼黎明走人，聽著他輕聲細語的講述，感覺是一個挺有故事的人。

他以前在武漢上學，現在生活在青島。封城前到武漢辦事，就滯留在這裏了。其實他本可以離開武漢，但他選擇了留下來。

我問：「你對當時的決定有沒有後悔？」

他答：「不後悔，現在不也好好的嘛。如果當時回去了，車上車下人來人往，感染的幾率反而更大一些，留下來家人也會更安全。」

黎明問他，疫情結束後，最想做的事情。他說，想換一身衣服。我們這才發現，他身上的短大衣已經被消毒液噴花了。

感覺他與我們聊天時若有所思，有意和外界之間隔著一

層。分別時，他主動加了我的微信。回去翻看他的朋友圈，發現他熱衷於山水，喜歡寫詩，喜歡拍照，喜歡聽歌。

他記下了封城當天的心路歷程：「1 月 23 號封城當天，氣氛陡然緊張起來，一瞬間街頭就沒人了，只有零星兩家商店在甩賣商品，但沒有人。回到賓館的路上，只有一位老人坐在石頭上，整個司門口都靜悄悄的，連針掉地上都聽得到。我走過去問他：大爺外面很危險，您不回去嗎？他說回去，但支支吾吾、欲言又止的，我就把身上的現金都掏給他了。他起身就要握我的手。我說大爺您一定要平安，他的眼淚就要流出來的時候，我說了句珍重，就走了。其實那時候我也不知道自己能否扛過此劫，因為從車站回來前，看到那些爭相出城的人，很多人慌慌張張、眼睛通紅，有的在流眼淚。當時傳言最壞的結果，是放棄武漢這座城市。」

這是一個內心豐富、敏感細膩，但是純淨善良的男孩，他沉默地遊走在武漢的各個角落，記下一段話，寫下一句詩，拍下一張照片或一段視頻，他用這樣的方式和自己對話。

在一個流浪漢蜷曲在路邊座椅上睡覺的照片後，他留言：「放了一瓶牛奶，一個雞翅根，在他睡椅下，希望他醒來的時候能看到。」

在初開的桃花照片下，他寫到：「花開了，給花敬了杯酒。願疫情早點過去，滿城春暖花開，迎著陽光仰躺在花叢下，看飛鳥飛過枝頭，蜜蜂採著花蜜。」

2 月 23 日，武漢封城的整整一個月，他來到長江邊，

留下「浩瀚長江、孤影相伴的感嘆，配的音樂是香港的經典老歌『人生於世上有幾個知己，多少友誼能長久』」。

我想寫寫他的故事，但他在微信裏留言：「記者大人，您和您的同事，不要發我任何照片吧，只當聊天不當採訪哈。」我答應了，相信錯過這個，還有下一個故事等著我。這樣我就把這件事放下了。

沒想到 5 天後，我在洪山體育館拍完最後一個方艙醫院封艙，到停車場開車時，在路口又看見了那件被消毒液噴花的短大衣。沒錯，是他。他騎在自行車上，一腳撐地在查手機地圖。我過去打招呼，他告訴我，聽說毛主席故居有限開放了，想去看看。我對這個信息表示懷疑，他還是堅持去碰碰運氣。我看到他說話的時候，不時往上拉著口罩，原來戴得次數多了，帶子已經鬆了。我就說，等我得空的時候，給你送點口罩，順便帶些食品。

從方艙醫院出來，我看天色還早，就又開車來到漢口吉慶街。每次路過「大排檔」雕塑群時，我都會下來轉轉，因為這個群像讓我想起了那場著名的「萬家宴」。多數時候空無一人，而那天看見兩個身穿防護服的志願者在休息。我上去和他們聊起來。男孩姓侯，山東人，因公司業務到武漢出差，也滯留在這裏了，就選擇做了志願者。他和本地志願者小彭剛剛為老人買完兩大袋食品。

小侯陽光開朗，樂觀健談。他們公司是做後廚管理的，前一天還在營業，22 號接到要停業的電話。他本來當天也是可以走的，但擔心路上交叉感染，就選擇了留下。

他說：「武漢開始封城的時候，沒有像現在這樣封閉社區。2月8日，我跑到30多公里外的蔡甸區一個物流園做了志願者。幹了20天，聽說那個物流園要被軍隊接管。而漢口這邊的朋友說小區已經封了，我就騎個自行車想回來，一路上遇到七八個檢查點，查工作證明，我又掉頭去開了證明。回來後在家躺了兩天，就找到社區書記問有什麼事情可以做，就這樣當了社區志願者。給我安排的是晚上8點到12點值班，但一般白天都在社區呆著，有什麼需要幫忙的，喊我一聲就行了。每天的工作就是看門、消毒，看到隔離設施壞了，反映一下。所在的球新社區老人比較多，為他們幫幫忙，跑跑腿。比如買藥、送菜、送水果之類的。有的老人特別想吃餃子，我們就想辦法買到。」

我和他提起大橋遇到的男孩想做志願者的事，小侯很爽快地說，您讓他加我微信吧，我們公司這裏有宿舍，他可以搬過來住。

又過了幾天，我在街上瞎逛，就聽有人叫我：「叔！」一看是小侯和小彭騎著電動車，依然馱著一大包東西。小侯說：「剛給老人買的包子，還熱著，您吃一個吧。」一個月沒吃過帶餡的東西了，我說：「你告訴我賣包子的地方，我自己去買。」小侯說：「叔，您什麼時候過來，我提前給您買好。」

那天，拍攝完陝西第四批援鄂醫療隊，我順便給小侯他們帶了一些防護服。他們每天接觸的人多，防護服不足，都是穿幾天才能換一次。之後，我又轉到吉慶街口的「大排

圖上｜滯留武漢的小馬在長江大橋上觀賞日落

圖中｜山東滯留武漢的志願者小侯（穿白色防護服者），為社區居民購買生活用品

圖下｜滯留在武漢的襄樊人老朱在武漢吉慶街附近的「大排檔」群像前唱歌

檔」群像旁，再次遇到街頭「歌手」老朱在這裏唱歌。昨天，在附近的廣場上我循著歌聲找到他，他是襄陽人，疫情以後住在商業街的地下通道。說起以前唱歌很多人與他合影，老朱滿臉自豪。現在街上再也沒有人聽他唱歌了。不過，通過他隨身攜帶的小擴音器，歌聲在寂靜廣場上空飄蕩，好像整個城市都能聽到，讓人有一種超現實的感覺。聽老朱唱完歌，我把醫療隊剛送給我的一箱方便麵給他了。

後來，我沒有和大橋上遇到的男孩再提想寫他的事，但經常在微信上交流。他給我留言：「劉叔，我開始不知道你們是幹什麼的，您想寫就寫吧。」還說：「劉叔，武漢好像要不了多久就解封了，回北京前，提前說一聲哈，我和侯哥送送您，這段時間有什麼需要的地方，我馬上就到。」這時他才告訴我他姓馬。

那天下午有空，我開車去接小馬。聽說沃爾瑪開了，就想先帶他買件衣服，天氣轉暖，他穿了50多天的棉衣也該換了。但是沃爾瑪需要志願者集中採購的證明才可進，我們就一起又來到吉慶街。

我帶了啤酒和一些方便食品，小侯和小彭帶了三大袋包子，我們談天說地，真是來武漢以後最放鬆的一刻了。剛聊到前幾天在附近唱歌的老朱，就聽到背後有人說：「一聽聲音就知道是劉哥！」

我回頭一看，說老朱，老朱就到了。好像冥冥中有人安排一樣，在武漢萍水相逢的幾個人，幾個好人，就這麼湊齊了。在大家的鼓動下，老朱拿出隨身攜帶的話筒和迷你音

響，唱了一首《讓我歡喜讓我憂》。

有所想就會有所見，我們看到的，只是我們想看到的樣子。原本素不相識，信任和良善讓我們認識了，走近了。他們中有的人自己也處在暫時的困頓之中，但他們用心溫暖了比自己更困難的人，在災難面前展現出人性中最可貴的一面。

這時候華燈初上，街上空無一人。淡雲遮月，但難掩其光。我想起，小馬在我的圖文後引用的台灣繪本作家幾米的話：「我們在冰封的深海尋找希望的缺口，卻在午夜驚醒時，驀然瞥見絕美的月光。」

09

每個街角都會
遇到一縷陽光

在武漢的每個街角，都可能見到陽光，哪怕暫時處在陰影裏，也可以感受到些許溫暖。

3 月 18 日，一個女孩從香港路旁「創造美好生活」雕像附近走過

以前當記者時，撲空的事沒少遇到。交給你的事沒拿下來，就是失職。不過這次除了給醫護人員拍肖像是硬任務，其他的拍什麼、怎麼拍可以隨心所欲。

3月18日上午，聽說河南醫療隊即將撤離。開車快到駐地的時候，又得到通知說他們不走了。我就掉頭找到剛剛經過香港路時一眼瞥到的雕塑，吸引我的是3個雕像都帶著口罩。

正午陽光明媚，恰好對面的大樓擋住了陽光，讓雕像完全隱沒在陰影下。等了有兩個小時吧，直到一個穿雨衣戴墨鏡的女孩恰好出現在穿過建築物灑下的光影裏，我才挪窩。本來太硬的光線，並不特別適合街拍，但是凡事沒有絕對。

拍一張照片，可能只需要百分之一秒，有時需要眼疾手快，有時需要耐心等待。我喜歡獨自行動，有人陪的話，他可能會不停地問「拍好了嗎」、「在等什麼」之類的問題，我一般不知道怎麼回答，可能就是等那個不期而遇的驚喜吧，但到底是什麼，自己也說不清。

如果沒有拍攝的飢渴，即便在一個地方呆上一個月，可能什麼也拍不到。當你進入拍攝的狀態，大腦、眼睛、耳朵時刻都是打開的。想起那天開車在路上，坐我旁邊的李舸一邊接電話，一邊示意我停下。車上人不明就裏，等他放下電話，指了指來的方向，我才發現，剛路過的隔離酒店門口3個身穿防護服的志願者和酒店門楣上的雕像構成了一個挺有意思的畫面。你以為他在專心打電話，實際上他眼觀六路。曹旭說，李主席眼睛真厲害。我開玩笑說，要不他怎麼能當主席呢。

3 月 16 日，三名志願者在一家隔離酒店門口值班

取車的時候，遠遠看見空中一塊紅布在春風裏搖啊搖。腦子裏突然蹦出一句歌詞：「那天是你用一塊紅布，蒙住我雙眼也蒙住了天，你問我看見了什麼，我說我看見了幸福。」透過共享單車摞成的隔離牆，可以看到孩子們在小巷裏打羽毛球，大媽們在一米陽光裏聊天……

　　在拍照片的時候，一個中年人到這個小區找人。他說你應該到那個高角度拍，不過那塊紅布擋在那裏不好。我過去看了看，果然不錯。我說，您是高手啊，不過就是這塊紅布才把我引來的。他告訴我他姓蕭，在醫院當保安，80多歲的母親因腸梗阻住院，感染了新冠病毒，已經走了。他說，老人走的時候，沒有人送，可能疫情結束以後，殯儀館會把骨灰還給我吧。講到這些，老蕭平靜得好像在說別人的事。

　　從香港路再轉過來就是長江日報路，盛開的鮮花讓我意識到，武漢已經被春天裝點得那麼美了。旁邊除草的園丁告訴我，這是野櫻花。武漢數武漢大學校園裏的櫻花最有名，前些日子到了校園門口，說什麼也不讓進。我問野櫻花和東湖邊的櫻花有什麼區別？他說，就像你們用的相機有貴賤，櫻花也一樣。我覺得野櫻花也挺好看，可能生命力更頑強吧。間或有些騎著單車的醫療隊員從櫻花下經過，外地的醫療隊正在陸續撤離，來了這麼多天，他們還沒來得及看看這個城市，而對於多數武漢人來說，花開僅數日，再見又一載。

　　我在前面提到過志願者小侯。查查地圖，離他工作的社區不遠。開車也就幾分鐘，小侯果然在。他們正在社區門口為居民分「愛心菜」，10斤10塊錢，整整齊齊碼了一地。

香港路附近社區曬太陽的居民及空中的紅布

他告我，「街頭歌手」老朱今天要搬過來。小侯上次看到老朱居無定所就主動讓他搬來一起住。我那天晚上給老朱留言：「小侯是個好孩子，有困難就找他，別客氣。」他回說：「大丈夫不為五斗米折腰，就不再麻煩別人了。」

　　其實老朱算是個「文化人」，除了唱歌，寫詩、作畫、書法都有幾把刷子。他表面上活得挺有尊嚴，在街頭唱歌總是穿得體體面面，髮型一絲不苟，唱的也都是那些正能量的歌，其實內心有些自卑、敏感。我想，這次他肯開口，一定是遇到過不去的坎兒了。小侯原打算騎電動車把老朱接來，但我想他在武漢打工七八年了，東西不會少。我就給老朱打了個電話，果然正犯愁呢。

　　我開車找到老朱的時候，他坐在街心公園的長凳上，雜七雜八的家當攤了一地。在車上告訴我，他原來做過護工，後來在附近的地下商城當保安，疫情開始後公司歇業，但工錢一直沒有拿到，就打了市長熱線，還真起了作用。今天公司補發給他一千多塊錢，但是要簽字畫押，保證以後和公司再無瓜葛。原來勉強能遮風避雨的商城地下通道也不讓住了。沒辦法，只得求助小侯。

　　小侯公司租的宿舍就在居民樓裏，其實房間並不算寬敞。小侯讓老朱和自己住一個房間，被我勸住，客廳有床，已經比睡地下通道強太多了。再說，疫情還沒解除，分開住也是對各自的保護。把老朱安頓好，小侯帶我來到九層樓的樓頂，沒想到那裏有個漂亮的屋頂花園。前幾天和小侯在一起的女孩小彭也在。夕陽西下，微風習習。我說，這地方很

3 月 18 日，沒有固定居所的老朱搬進小侯的宿舍

適合談戀愛啊。

小彭遞給我一罐百威啤酒，我才想起，早上只吃了一個小侯上次送我的包子，一天也沒覺得餓。從平台上可以俯瞰老漢口的街區。多年前的漢口，給我的印象是破舊的，現在僅存的一些里弄被漂亮的高樓圍了起來，落日的餘暉從樓宇間穿透，老房子被籠罩在陰影裏。屋頂上有人在來來回回地散步。我和小侯說，你明白動物園的老虎為什麼在籠子裏轉圈了吧？

小侯告訴我，他們昨天分活魚一直忙到夜裏兩點。除了我們所在的這棟樓，其他的老房子都是沒有電梯的，老人們下趟樓不容易，志願者們就把魚送到每一戶老人家。我們那天在紅鋼城社區，活魚也是晚上才送來，志願者們擔心放壞了，就打著手電筒挨家送。

晚上，老朱給我發來一首他前年中秋夜在武漢四環外的偏僻崗亭值班時寫的小詩：「夜崗賞中秋，別樣上心頭。濁酒殘月心，人間聚離愁。兒時月如鈎，心兒蕩秋千。今夜勝似盤，老淚濕衣袖。」雖然不怎麼押韻，但也寫出了當時的心境。

老朱對我千恩萬謝的。我說，誰沒遇過點困難呢，大家搭把手就過去了。要謝就謝小侯吧。疫情期間，有誰願意把一個陌生人接來和自己同住呢。這個男孩，真是有著金子一般的心。

在武漢的每個街角，都可能見到陽光，哪怕暫時處在陰影裏，也可以感受到些許溫暖。

10、

鐵路奇遇記

有些事情，就是再豐富的想像力，能想得到開頭，也猜不到結尾。

「黑衣人」

我在拍照片時，頭腦中經常會有一些設想。比如你希望一隻飛鳥出現在你的畫面裏，也許牠就真的出現了。當然，不能憑空想像，你得先看到了鳥在附近盤旋，總不能期待闖進畫面的是一隻老虎。多數時候，想像的畫面並不會出現。但如果沒有預判，你一定拍不到那隻鳥。所以說，雖然攝影看到才能拍到，其實更多的時候是想到才能看到。

有些事情，就是再豐富的想像力，能想得到開頭，也猜不到結尾，但就是發生了。生活永遠比想像得更神奇。

如果發現了一個有意思的場景，只要有可能，我要麼死等，要麼再去。小東門立交橋我就先後去了三次，是因為那個橋上立著「黃鶴樓」，特別有符號性。

但置身橋上，是拍不了全橋的。我發現有一座鐵路橋高過立交橋，是個理想的拍攝位置，但怎麼上去呢？有時事情就是這麼巧，我在拍照片時，餘光掃見鐵路橋上有人經過。我從立交橋下來，沿著鐵道的走向轉悠，一個土坡上似乎有攀爬的痕跡。我爬上去發現果然可以穿過鐵絲網的破洞，走到鐵路上。

據說，這段鐵路連接武昌和九江，是廢棄的老武九鐵路的一部分。長江大橋還沒修起來之前，火車渡江要靠船來擺渡。現在已經廢棄，路基高出地面十幾米，沿路而行，可以俯視鐵路兩邊的社區。

那天正沿鐵軌溜達，天下起了雨，一個撐傘的「黑衣人」手裏提著一袋食品，遠遠走過來。當我們在鐵軌上錯身時，他開口了：「你是記者嗎？」

我把中央指導組宣傳組發的新聞採訪證亮給他。他看了看說：「你這個證不會是假的吧？你是不是外國記者？」

　　我答：「有中國話說這麼好的外國記者嗎？」他也笑了。

　　我問：「你住在附近嗎？鐵路兩邊都是封閉的，好像進不了小區。」

　　「一句兩句和你說不清。」他說完就走了。

　　沒想到，半個小時後，我看到幾十米外，有個三面有牆、一面坍塌的道房，一個人正在旁邊的鐵軌中間生火做飯。慢慢走近，那人也發現了我，提著鍋向我走來，原來還是前面遇到的「黑衣人」。

　　我說：「你怎麼住在這裏？」

　　接下來的回答，讓我汗毛豎了起來：「我是從牢裏出來的。」說著，從兜裏掏出一個小夾子，抽出一張紙。「你要不要看看我的刑滿釋放證？」

　　我忙說：「不看了，不看了。」立刻逃離了那裏。

　　幾天後，我的強迫症又犯了。給第四批陝西援鄂醫療隊拍完肖像，天色已暗，路過小東門立交橋時，我想起那個從牢裏出來的男人。我本不想打擾他的生活，也不希望他的清晰形象暴露在公眾面前。腦子裏想像的畫面是暮色四合，只有一點點光亮從道房透出來……

　　我原路爬上那條鐵軌，四周黑黢黢的，死一般寂靜，只能聽見自己的呼吸和踩在枕木上的腳步聲。大概走了幾百米，再次看到道房，我放輕腳步，接近目標。

　　設想中的畫面並沒有出現，從道房敞開的一面望過

「黑衣人」在廢棄的鐵軌上做飯

去，似乎沒有人在裏面。我心想也許已經搬走了吧，正打算離開，就聽到遠處傳來說話的聲音，我立馬坐在距離路基10米左右的石堆上，用衝鋒衣裹住兩個相機，背對著鐵軌，一動不動。聲音越來越近，能聽出是兩個人。他們在道房邊停下來，繼續說著什麼，在靜夜裏顯得聲音很大，但我一句也聽不懂。

似乎並沒有被發現，我鬆了口氣，起身貓腰，放輕腳步，在路基下的爛石堆走了幾十米。前面就是鐵絲網，我不得不回到鐵軌上，快步往回走。要命的是，我感覺遠處有個黑影也跟過來，我不敢回頭看，心想是不是錯覺啊。本來一個枕木一步，併成兩個枕木一步。但那個黑影似乎加快了腳步，越來越近。我確認，真不是錯覺。就在我想跑起來時，後面響起一個聲音：「前面的停一下！」

我的腦袋嗡地一下，心想完了！真是衝我來的。事已至此，也只得停下來，轉過身發現，跟上來的並不是「牢裏出來的」那個人，不過面相看起來更加兇悍，能聞到身上有點酒氣。他點起一支煙，打量著我的相機。我趕忙解釋，只是在附近轉轉，一張也沒有拍你們。我想給他看相機回放，證明確實一張照片也沒拍。

他卻並不在意，接下來的話，再次出乎意料：「我想和你反映點事，能不能採訪我？」我點頭如搗蒜：「行！行！行！」

他問我能不能跟著他去住處看看。到這時，我才徹底放下心，我們邊走邊聊，他說話顛三倒四，再加上一口湖北

老李

話，我大概聽出事情的原委：他姓李，住在鐵道下面的社區，道房裏的「黑衣人」坐過 5 年牢，釋放後趕上疫情，沒地方去了。他就經常帶點東西上來接濟。今天，「黑衣人」要到他住的地方，而警察說什麼也不讓進。

　　快走到他住處的時候，見到了正在值守的警察，老李拉著我和警察理論。那個警察對情況很清楚。他向我介紹：老李原來在武漢打零工，住在這邊一個空置的洗車房裏，旁邊就是一家隔離酒店。平時，警察會把酒店裏的口罩和盒飯送給老李。不知道他怎麼遇到了那個刑滿釋放人員。今天，老李想讓「黑衣人」搬過來一起住。警察考慮到兩個人擠在一起很不安全，就勸阻了。今天警察已經向所裏反映了這個情況，也來人處理過。那「黑衣人」在洪山區是有家的，警察可以把他送回去；願意接受救助，也可以幫忙安置。

　　警察和老李說：「你安心地把自己照顧好就行了，其他的事交給我們來處理。」老李的酒似乎也醒了幾分，不停衝警察作揖。

　　至此，一場虛驚有了還算完滿的結局。

老李向警察道謝

回家的路
有多長

滯留外地的武漢人，
哪個沒有經歷過一段
「遙遠的路途」呢？

在陝西第四批援鄂醫療隊在江岸區的駐地，一個與醫療隊朝夕相處的志願者
面向醫療隊三鞠躬，醫護人員含淚回禮

李舸帶來上級的指示，願意走的可以報名，願意留的則要等到 4 月 8 日以後。我們都選擇了留。算算來武漢已經一個多月，每天都有事忙，並不覺得漫長。而那些滯留他鄉的武漢人和悶在武漢的外地人，日子則難熬得多。

　　那天，我們在青山區紅鋼城社區採訪，一個女士主動走過來問我，像她這種在家呆了那麼多天也沒有症狀的外地人能不能回去，不需要等火車、飛機通了，他們可以自駕。她老家是湖南的，嫁給了武漢人，夫妻倆在東莞開了一家生產牛仔布的廠子。她說：「我也不是不知道這個事情有多嚴重，也不是不顧全大局。如果是個人無所謂。我們是貸款辦的工廠啊，有四五十號工人，現在人都被別的廠子搶光了，即便回去，幾個月也緩不過來，天天愁得要命。」

　　除了言語的安慰，我也沒辦法給出答案。這種情況太多了，好在終於迎來了「武漢市將於 4 月 8 日起解除離漢離鄂通道管控措施」的消息。希望這位女士能夠早日度過難關。

　　陝西第四批援鄂醫療隊是我在武漢為醫護人員拍攝肖像的最後一支隊伍。3 月 24 日到駐地為他們送行。他們是與我們差不多時間抵達武漢的，承擔了同濟醫院中法新城院區、武漢市第三醫院光谷院區重症及危重症救治工作，累計管理重症患者 142 人，出院 138 人。

　　每次拍攝醫療隊撤離，場面總是讓人動容。一個與醫療隊朝夕相處的志願者穿的防護服上簽滿了醫療隊員的名字，他面向醫療隊三鞠躬，醫護人員也含著熱淚回禮。他們要回到親人的身邊了，但這段經歷一定會長久地留在他們的記

回到銘新街附近自己家的一家三口。他們從春節開始就一直住在老人家

憶中。

在醫療隊經過的路口，看到一家三口走過來。他們從春節開始就一直住在老人家，現在終於可以回自己的家了。這幾天封閉措施已經出現了鬆動的跡象，路上的人多了、車多了。有些小區已經可以允許居民限時出門幾個小時，昨天部分公交車也開始運營。這個被治癒的春天還是慢慢地來了。

送走醫療隊，和我在一起的河南攝影師薄高鵬問去哪。我想起前兩天在手機上看到的一個視頻，是毛寧和楊鈺瑩 1997 年在北大慶祝香港回歸的晚會上唱的《365 里路》，身在異鄉的人，哪個沒有經歷過一段「遙遠的路途」呢？我說：「咱們去火車站看看吧。」

武漢站前些日子去過，那時只有零星的旅客，這次再來，旅客明顯增多了，從國內返漢的旅客只要有健康碼，都可以放行。

鑒於國外輸入病例增多，對境外進入武漢的旅客管控更嚴格一些。武漢市新冠肺炎疫情防控指揮部發佈了通告：「3月 17 日零時起，對所有境外來漢（返漢）人員實施申報管理，統一接送至集中隔離點，進行 14 天的隔離觀察，隔離人員費用自理。」車站大廳設立了「境外返漢人員服務點」，每個區都派出工作人員，負責登記和對接。

在服務大廳，我看到一位大姐焦急地在打電話。我過去和她打招呼，多數旅客都歸家心切，不願意多聊。這位大姐似乎很願意和我傾訴這一路艱辛：

一位父親在武漢站接從上海回武漢的妻子和女兒

我姓熊，1月18日和在台灣的兒子到香港匯合，然後一起去泰國旅遊。25日回國的。買票的時候，武漢還沒有封城。如果直接買到武漢，機票大概3,000多塊，而到南昌才600多塊，再買50塊的火車票就行了。

　　到南昌後就回不了武漢了。兒子是學佛的，江蘇鹽城有個道場，願意接納他。他可以住在廟裏，但我不行。把酒店錢都付了，一填身份證號碼，就知道是武漢的，還不能馬上退錢。後來，我和兒子都在網上找，還是有接納的人，不然的話，真的要睡馬路。

　　後來就找了個民房，1,500塊一個月。簽合同的時候，他說只能住15天。打開拿來的被子，裏面有雞骨頭之類老鼠做了窩的東西，哪敢睡啊。那是個筒子樓，後來鄰居知道我們是武漢的，就攆我們走。我們就給市長熱線打電話，社區也來了人，就讓我們回武漢。我說：「我怎麼回得了，買不到票。」他們說：「我們給你買，你現在就走。」他給買到徐州，說到了徐州你再買去武漢的，可以買得到。晚上10點到徐州，根本沒票，沒辦法只能住酒店。酒店一看你是武漢的，也不給登記。110來了，說這個區只有這一家酒店接收，酒店滿了，你打的到別的區去吧，就讓我走了。其實當時還有三間空房。

　　出租車司機繞了一圈給我帶到一家酒店。我經常在徐州火車站轉車，很熟悉，實際這個酒店和剛才那個

給社區打電話的熊大姐

相隔不到兩百米。前台看到是武漢的還是不給登記。我又打110，那個人還挺好，就幫我打電話，到凌晨5點多鐘才搞完。派出所的人說：「你進去就不准出來。」我也不想回武漢了，當天晚上又回到鹽城，最後找到一家酒店公寓住下。

在外頭的劫難太多太多，走哪兒都像瘟神一樣，那怎麼辦呢？我們打的都事先聲明一下，我是武漢的，你願意載就載，不願意就不載。當然，我們也遇到了很多好心人。

在與熊女士溝通的過程中，社區的工作人員不停地打來電話詢問。我問她：「現在遇到了什麼問題？」她說：「我2月19日就向社區申請回來。答覆說，武漢形勢還很嚴峻，建議最好先不要回來。我說，你先幫我報上去，批不批是上邊的事情。我再問的時候，說我的表格不合格，沒有返程的班次，沒有批。當時不知道能不能批准，我哪敢買票啊。後來買到了2月24日的票。家裏就我一個人，想要朋友來接，他們說連門都出不了。社區就說他們派車接，但不知道我是從境外回來的，可是我在表上已經填過，他們正在協調。我也很理解他們，要面對那麼多居民，千頭萬緒太不容易了。我做不了什麼貢獻，就儘量配合他們的工作吧。我想開車送她，但按規定必須要社區來人才可以把旅客接走。我加了她的微信，讓她如果有需要就打我電話。

從大廳出來，遇到一個剛下火車的小夥子和接站的父

孟世奇與母親相擁而泣，父親在一旁向他們噴酒精

母。他叫孟世奇，滯留在外地同學家兩個多月。本來，媽媽和我們還有說有笑。到了停車場，母親就忍不住了，與兒子相擁而泣，久久不放手。接下來，父親拿出一瓶酒精，向著擁抱的母子噴灑。這一個帶點戲劇性的場面讓人意外又心酸。

這時已是傍晚時分，我們還沒有吃午飯，就和薄高鵬去找吃的。在車上，我把剛拍的照片回放給他看。好一會兒他沒說話，我轉過臉，看到他這麼一個硬漢子眼眶裏竟然盈滿淚水。我問他怎麼了？他說：「我一遇到難過的事就心口疼。」剛剛下了一陣雨，走在二環線上，太陽出來了。高鵬說，我們可能會遇到彩虹呢。

晚上，熊女士給我發微信：「我到家了，謝謝你，這個回家的路走了兩個月，好長啊。」

12

＼ 後窗外的鄰居

這扇窗透出的是武漢
一步一步從寒冬走到
暖春的訊息。

夏哥晚上獨自蹲在家門口

武昌洪山區的水神客舍是媒體記者的大本營，硬件設施就是招待所水平，我被分在一層。來到武漢的第二天，我是伴著歌聲醒來的，本來略感緊張的心情一下鬆弛下來。推開後窗，是一排平房，住著水文局的幾戶人家。正對著的兩個房間裏，右邊住著老付，左邊住著夏哥夫婦。我能看到他們，他們也能看到我。時間長了，就相互打個招呼、聊聊天。他們會幫我一些小忙，比如我的相機撥盤掉了，老付讓朋友帶給我萬能膠；醫療隊送給我的蘋果，我也會轉送給他們。再後來，住在夏哥旁邊的易姓姐妹從老家回來了。隨著天氣一天天變暖，後院也從冷清變得熱鬧起來。

從來這裏第一天，後窗外有點動靜，我就隨手拍幾張。開始覺著鐵絲網有點破壞畫面，但誰又規定了不能隔著網拍照片呢，本來攝影就可以是任何樣子。拍多了，湊在一起，就看出了幾分意思。這扇窗透出的是武漢一步一步從寒冬走到暖春的訊息。

這天，陽光灑在院子裏，我第一次走進他們的房間，和幾位鄰居聊了聊。

老付

老付是我最先見到的。他愛好蠻多，尤其喜歡音樂和跳舞。他的手機可以算是「中華曲庫」，從早放到晚，我基本沒聽過，多數是情歌，有時他也會隨著唱，而且是那種放聲歌唱。以前，他每天晚上都去洪山體育館附近跳交誼

舞，疫情嚴重以後出不去了，他就自己找點樂子：養花、跳繩……進到他房裏時，他正在電腦上鬥地主。房子裏掛了兩面鏡子，是他練舞用的。

我說，每天看你都樂呵呵的。他說：「我從來沒怕過，

老付安慰他餵養的流浪狗「姑娘」，
牠的三個孩子被抱走了

這裏空氣好，後面還有湖。不是說我不重視，但是也沒必要
過度恐慌。如果在這個地方都能感染上，那活該我死。」

　　老付家在另外的小區，妻子要照顧老母親，幾個月沒見
到了。他家對門有一位患新冠肺炎的老人去世，他就更不願

意回去了。這段時間雖然鬆動了，但因為這排宿舍並不在小區裏，沒法給開健康證，他還是回不去。

院子裏有幾隻流浪狗，本來是有主人的。主人不在，老付就每天餵狗。我經常看到，他走到哪兒，狗跟到哪兒，把他當成了新主人。他不知道那隻母狗的名字，就叫牠「姑娘」。「姑娘」出去打架，回來早產了，下了 5 隻狗崽，活了 3 隻。他就對「姑娘」格外好，每天餵牛奶、雞蛋。

每天都聽到他喊「姑娘、姑娘！」或者吹口哨，他一招呼，「姑娘」就跑過來了。有時候，他會和狗狗說話。我聽不懂武漢話，就問他說的什麼。他說：「『姑娘』老黏著我，我就和牠說，你不去奶你的孩子，還要讓我去餵嗎？」

那天又見到老付和「姑娘」說話：「我到哪去找你的孩子啊？」我問他怎麼回事，他說，「『姑娘』的孩子不見了。狗晚上叫，吵到後面的人睡覺，被抱走了。你看牠哭了，讓我去幫牠找孩子。養了兩個月，有感情了，傷心……」本來老付本來一直帶著笑的，說到這兒眼圈有點紅。

夏哥

夏哥不姓夏，因為名字裏帶個夏字，鄰居就都叫夏哥。他妻子姓徐，兩口子住在這裏。夏哥每次見到我，不管是不是飯點，都問吃飯了沒有？原來他是在單位裏做飯的，幹 4 年了，但他是半路出家當廚師的。我問他原來做什麼。他說，就是這裏打工、那裏打工，要生存嘛，就當了廚師。

我還是好奇，人家為什麼願意聘沒當過廚師的人。他說：「我手藝可以啊，這裏是國營單位的人，吃過見過，不可以的話，他們就會要你走嘛。」我問他在哪兒學的？他說：「老婆做飯更好，原來開過餐館掌勺，看著看著就會做了。」

有時採訪錄音裏的湖北話，我實在聽不懂，就會找夏哥幫忙翻譯，其實他的普通話也不怎樣。

夏哥的家在新洲區。他告訴我，武漢 13 個區，新洲感染得最少，單位 65 個人也沒有一個感染的。本來他也打算回家過年的，沒走了，年就在宿舍過了。他說，兩個多月沒出這個院子，不敢出去，平時就在家看看電視。現在公交車沒有全通，的士也打不到。等 4 月 8 日以後回老家看看吧，父母都走了，回不回去也無所謂了。

我說：「老付愛好唱歌、跳舞，您喜歡什麼？」他說：「唱歌他還趕不上我，他在院子裏唱，我喜歡和朋友在卡拉OK唱。」

我問他：「疫情結束後，有什麼打算？」他說：「可以自己做自己的事嘛。」

易平桂

採訪易平桂是她主動約的我。跟著她來到大門口的小房子，實際上是單位的門房，大概六七平米，裏面隔出一個小間，僅能放下一張小床。她白天兼職當門衛，晚上單位的人下班了，再去做保潔。她的姐姐易蝦桂已經在這裏做保潔員

圖上｜鄰居易蝦桂（右二）、易平桂（右三）從老家回來了，易平桂沒有領
　　　到全額工資，大家為她出主意
圖下｜徐大姐、易蝦桂、易平桂（從右至左）和著音樂跳廣場舞

兩年了。姐妹倆的收入都不高，我看她們把院子裏的廢紙箱集中到一起，估計是為了賣廢品補貼家用吧。

她是 2019 年 11 月 15 日過來的，做了兩個半月，就趕上疫情了。姐妹倆在封城的前一天回到新洲旺集老家過年。我問到老家的情況，她說，雖然不能出村，村幹部搞團購，要買什麼，寫個條子給他們，就把東西送來，家裏都還好。

她們姐妹 3 月 26 日坐朋友的小車走小路返回武昌。我問她找我什麼事。原來，姐妹倆在一棟樓打工，姐姐負責一、二層，妹妹負責三、四、五層。但她們各自負責的樓層分屬兩家單位。姐姐拿到了疫情期間的全額工資 2,200 元。而妹妹易平桂只拿到 1,000 元，與物業公司簽約的工資是2,500 元。

她找到單位的負責人，回答是大樓的衛生都包給了物業公司，工資也全額付給他們了。而物業公司的解釋是，這兩個多月沒有做事。易平桂說：「就是覺得不公平，我想來，可是來不了啊。」

最後她說：「如果他們不給解決，我把你帶到他們辦公室裏去，調查一下，你能不能幫這個忙？」

天越來越暖和，我們長時間沒有更換過的床單被罩就拿到後院去洗，有時候買回來的食品也到夏哥的廚房加工。夏哥有幾天沒有見到我，就問老付，劉記者是不是走了？老付說，他要走，肯定會和我們打招呼的。

13、

你看你看
月亮的臉

他們理應同樣享受最
高的敬意和待遇。

代詩夢

都說重慶出美女，當地人要誇妹子好看，可能會說，類妹兒長得嫩個乖，巴適慘嘍！「乖」形容甜美可人，「巴適」意為舒服自在。那重慶的美人窩在哪裏？有媒體給重慶38個區縣美女排名，萬州妹子名列第一，評語是：「豪爽大方、重情重義、非常感性。」

　　我要說的這個女孩，是地道的重慶萬州95後妹子。她是陳黎明約的一個採訪對象，在華中科技大學同濟醫學院附屬協和醫院當護士，新冠疫情爆發後，被抽調到收治新冠肺炎患者的定點醫院 —— 武漢紅十字會醫院。

　　她的舅舅賈代騰飛是武漢一家媒體的知名攝影記者，與我和黎明都熟。後來賈代告訴我：「其實我一直想以舅舅的身份用自述的方式來拍她，因為她既是一個白衣戰士，同時也是我從小看著長大的一個小姑娘。」無奈他春節後滯留在老家重慶回不來，就把這個線索告訴了黎明。當時我們正在緊張地給醫療隊員拍照，而且女孩也從一線下來處於醫學觀察期。黎明推說：「可能沒時間啊，她有什麼典型的事例嗎？」賈代說：「她美啊。」接著把照片扔過來。然後黎明說：「拍！」

　　採訪地點約在漢口的沿江大道。到了地方，我本沒打算加入採訪，就一個人去掃街，估計黎明採訪得差不多了才返回。

　　女孩看上去嬌小玲瓏，名字也很夢幻 —— 代詩夢，哪怕戴著護目鏡，也能透過會說話的眼睛知道，她舅舅沒騙人。

她講話並不像她的名字那麼文氣，而是心無城府，快人快語。她說，人家都說我挺能聊的，我和小孩、老人都能聊到一塊兒。

　　談起當時衝上一線的心路歷程，代詩夢說：「本來好不容易搶到了1月23日那天的票，打算回老家過年，沒想到形勢急轉直下。我剛工作3年，心理上也不是很成熟，去之前真的很害怕、很害怕。之前你看到很多人感染了，並沒有什麼感覺，而當你看到身邊認識的醫護人員感染了，關鍵是沒症狀你知道嗎？但是一拍片，就是了！很恐怖。」

　　黎明問：「你是什麼時候，才覺得安心了？」

　　「去的第一天，當你看到身邊都是患者時，你反而覺得安心了。因為我是醫務工作者，覺得自己有能力去幫助他們的。當然我們工作時是很嚴肅的，有嚴格的防護措施。醫院領導也教導我們，不把自己保護好，怎麼救別人呢？」

　　當被問到在一線工作的情況，小代說：「開始的時候，每天要上9到10個小時，後來增援的醫護人員多了，才從8小時、6小時，再到4小時，上1周休1天。一個人值夜班的時候，氧氣罐都要自己搬，那個罐子比我個兒還高。穿上防護服再戴口罩，根本透不過氣兒來，簡直快憋死了，下來感覺自己都要被搶救了。開始的時候，防護物資也很匱乏，去晚了，護目鏡都沒有。面屏和護目鏡只能二選一。給病人做很危險的操作，比如說吸痰，面屏還是很重要的。在做霧化的時候，產生的壓力很大，噴出的高分子霧氣，就很容易產生氣溶膠。」

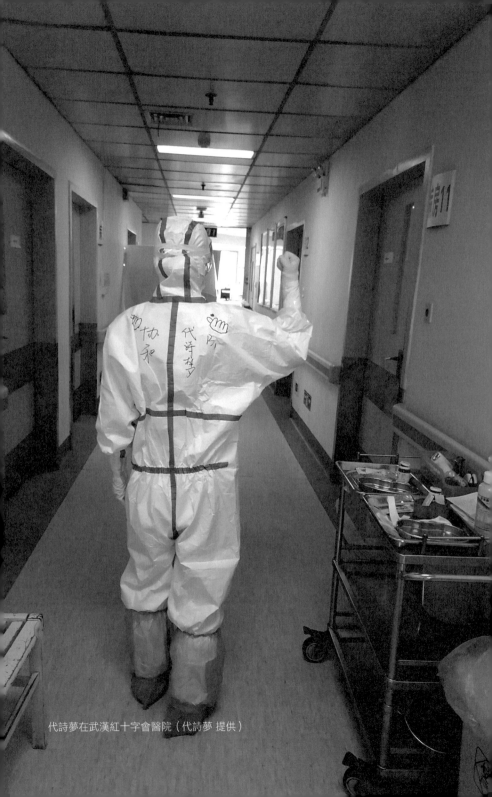

代詩夢在武漢紅十字會醫院（代詩夢 提供）

黎明問她，經歷了這些以後，現在有什麼新的感悟。她答：「雖然很累，但還是覺得很值得。就是有一種使命感在身上吧，如果不去一線自己肯定會後悔的。工作中還認識了來自各個醫種的專家，他們好厲害，我從他們身上學習了很多，真的很感謝他們，也希望所有的患者能夠健康平安出院。回過頭看，不要害怕！幹就完事了！人與人的愛，真的可以化解很多難題，真的⋯⋯。」她連說了三個「真的」。

　　那天採訪完，黎明和小代說，開始你和我想像的不一樣，但現在覺得你就應該是這麼一個人。

　　我想代詩夢經歷的這些，和武漢大多數醫護人員都差不多吧，之後我沒有發過照片和文字。3月20日是武漢清零後的第一天，我去天河機場拍攝醫療隊撤離。英雄們享受了最高的禮遇，武漢人對為他們拚過命的人表達了最真摯的感恩之情。這一切都是英雄們應得的。如果不是大部分百姓還封在家裏，我相信，武漢一定會出現萬人空巷送別英雄的場面。

　　回來的路上，我就想起了這個被擱置了20天的採訪，想起了仍在一線戰鬥的武漢本地醫務人員。他們還沒有機會享受這一切。但他們與病魔抗爭的時間最長、付出的代價最大。3,000多名被感染的醫務人員，全部是本地的，更有多人獻出了寶貴的生命。而且他們還將長期堅持下去，繼續守護這座城市。武漢把最好的酒店都用來安置來自全國各地的醫療隊。相較而言，本地醫護人員的工作、生活條件也更艱苦一些。他們理應同樣享受最高的敬意和待遇。

圖上｜代詩夢在疫情期間工作的武漢紅十字會醫院轉運新冠肺炎患者

圖下｜代詩夢生活照（代詩夢 提供）

想到這些，我就打算把這個採訪做完。回到旅館，恰好在院子裏看到賈代騰飛，他已經回到了武漢，參加戰疫報道。代詩夢也已重返崗位。我不想耽誤她過多時間，就想讓賈代從舅舅的角度聊聊外甥女是個什麼樣的女孩。以下是我和他的對話：

問：從和代詩夢聊天中知道，你們平時聯繫還蠻多的，好像遇到什麼事情她也願意問你。

答：她是我大姨唯一的外孫女，我從小看著長大，其實還是挺親的，對，很親。另外，她工作生活在這裏，我作為長輩，肯定也會照顧她。

問：小代說，她上一線前，你給了她很多鼓勵。

答：疫情發生後，她一個小姑娘心裏面肯定是慌的，就打電話向我求助。首先她叮囑，這個事情一定不能讓他爸媽知道，也不能讓我爸媽知道，因為他們長輩之間肯定會通氣的，所以家裏開始都不知道她去了一線。

我當時就給她分析，第一，舅舅是做新聞的，也是歸心似箭。這麼大的一場災難，哪怕不去一線拍照都怕。但是我們生活在這個城市，你所有的都在這，你和這座城市是一個命運共同體。第二，職業的使命在召喚你，這時候你應該服從組織的安排。

首先你得怕，怕是因為你敬畏它，對不對？敬畏在前，但是你得有勇氣去面對它，這是你的職業使命。如果只有勇氣沒有敬畏，那是匹夫之勇；只有敬畏沒有勇氣，你對不起這個職業。如果在防護措施到位的情況下，需要你上，

必須上！我相當於給她做了一個心理建設，她也接受了我的想法。

問：家裏什麼時候知道她上一線了？

答：值最後一個班那天，她給媽媽打了個視頻電話，說：「媽，我要休息 14 天。」您知道，14 這個數字現在帶有特定的含義。聽說休息 14 天，她媽一下緊張了，忙問：「你感染了嗎？」她這才說已經在定點醫院上了三個星期班了。她媽媽當時的反應也很搞笑，您知道，重慶人嘛。她說：「別慌、別慌，你的信息量有點大，我現在有點胸悶，我要站起來，走動著說。」她本來坐著說話，就站起來邊走邊說，說是可以增加氧氣含量。然後，就很為她自豪，發了朋友圈：「此刻的心情說不出來，今天才知道夢姐背著家人去一線一個月，我為你驕傲，為所有的醫護工作者點讚。」現在小的都是爺嘛，家裏人都叫她夢姐。

第一次採訪的時候，代詩夢把自己捂得嚴嚴實實的。我們本想留下一點神秘感。她自己倒是很爽快，摘下了口罩讓我們拍照，就是鄰家女孩的樣子。

賈代說，看了你們給她拍的照片，我還蠻心疼的，她本來是巴掌大的臉，很明顯她的臉腫了。

聽賈代這麼說，我倒挺想看看她本來的樣子，我要了一些她的照片。嗯，夢姐很美。

14、

十四萬萬同胞
會記得

對於英雄來說，我們
二月會記得，四月了
我們還是會記得，我
們永遠都會記得。

武漢市中心醫院。深圳大學學生祝恆敬獻鮮花，哀悼為抗擊新冠肺炎疫情
犧牲的烈士和逝世的同胞

今天是清明節，我一早就出門了，到武漢市兒童醫院拍攝新生兒，這個採訪早幾天就已經預約。想起拍這個題材是有一天我和薄高鵬開車途徑兒童醫院，看到新爸爸媽媽抱著剛出生的寶寶出院，我們馬上把車停在路邊，回到醫院大門口。看著那些抑制不住欣喜的年輕父母，懷抱新生的寶寶回家，心裏湧出無限的感慨。

　　新生命不會因為疫情就不來到這個世界，那些初為人父人母的年輕人也一定經歷了一段艱難的日子。後來我又去過幾次這家醫院，那天我遇到一對母女帶著出生不到兩個月的寶寶復查。算算時間，寶寶出生時正是武漢疫情最嚴重的時候，好在都過去了。

　　我也去了新生兒病房，護士告訴我，拍新生兒需要徵得院方和家屬的同意。溝通之後，定在 4 月 4 日，後來國務院宣佈當天全國悼念抗擊新冠肺炎疫情鬥爭犧牲的烈士和逝世的同胞。而我又不願意放棄來之不易的採訪機會，就想著爭取二者兼顧吧。

　　在兒童醫院我換上防護服，進入新媽媽吳念的病房，護士陳昱正準備為她剛出生三天的寶寶洗澡。當天，爸爸媽媽就要帶他回家了，他們將來一定會給他講述出生時發生的事情，寶寶也一定會伴隨新生的武漢健康成長。

　　在醫院拍攝時，我一直在看錶，希望不要錯過 10 點全國鳴笛的時刻。匆匆拍了些照片，加了吳念的微信就從醫院出來了，這時已經 9 點半。我想了一下，還是去李文亮醫生生前所在的武漢市中心醫院吧。

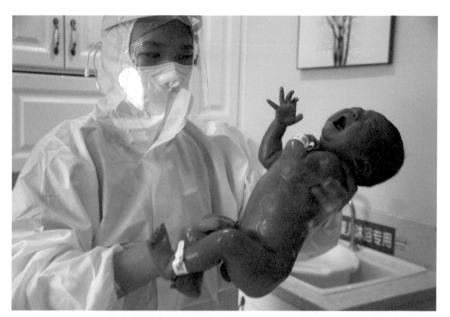

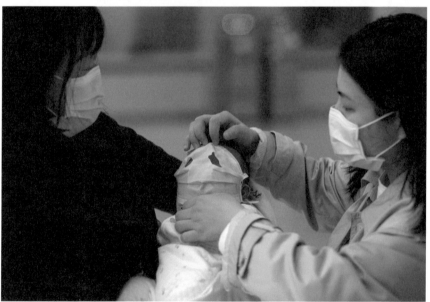

圖上｜武漢市兒童醫院。護士陳昱為新生的寶寶洗澡

圖下｜在武漢市兒童醫院，媽媽為來復查的兩個月寶寶戴上口罩

在醫院大門外，一個把自己裹得嚴嚴實實的女孩為烈士們獻上了一束鮮花，卡片上除了烈士的姓名，留言是：「十四萬萬同胞會記得」。10點整，街上的車輛、行人全部停下來，車笛鳴響，我記下了時間：4分14秒，但好像那個聲音在城市上空飄蕩了好久。

　　女孩離開的時候，我加了微信，她用的是實名：祝恆。下午回到駐地，我撥通語音，下面是她的話：

　　　　我是深圳大學建築規劃學院二年級的碩士研究生。1月14日回到武漢過年，我和男朋友兩家都沒有確診新冠肺炎的人。我當志願者那個社區有5個小區，8,000多居民中確診了40例。因為是遠城區，還算是比較少的。2月初，我男朋友的奶奶和姑姑相繼發燒，就特別緊張。開始他奶奶非要鬧著去醫院，到真發燒的時候，就不敢去了。他家有3個房間，5口人住在一起，他奶奶和姑姑各住一間房，他和爸爸、媽媽三個人睡一張床，就是為了隔離。那時候，我和他一星期都沒有說過幾句話，就是沒有心情；他不跟我說，我也不敢跟他說。

　　　　我是3月1日上崗當志願者的。其實2月初就報了武漢市共青團組織的志願服務，沒有要我，可能是為了保護我們這些沒有專業知識的人吧。當時，武漢人想的就是活下來，維持基本的生活需求；2月底情況好

一點了，就希望能提升居民生活的幸福程度。3月初，在做好基本防護的情況下，才敢讓普通志願者上了一大批。

我偷偷跟你講，我在廣東、男朋友在江蘇上學。我報志願者的時候，其實是想給我男朋友做一點事的，但是我過不去。我覺得要站出來，讓大家都能被保護得很好；那麼也會有人替我，在他的社區去保護他們。這是我當時的一個想法。

昨天早晨，我看到清明節被設立為全國哀悼日的消息。李文亮醫生2月初去世的時候，有人凌晨去給他送了花，那時我就想去了。但我還是個學生，沒有車，也出不了小區。現在放開一點了，我想應該過去了。

我看過挺多歷史劇的，是在一個叫《驚蟄》的電視劇裏聽到「四萬萬」這個詞的，裏面的共產黨員對的暗號就是：「人走了，誰會記得？」——「四萬萬同胞會記得。」我覺得「同胞」是個有歷史印記的詞，那個時候打仗犧牲，管自己同一個國家的人叫「同胞」，把人數稱作「萬萬」。我用這個詞是想說，中華兒女的精神從建立新中國到現在，一直都沒有變。哪怕我們的人口增長了，經濟增長了怎樣怎樣，但是我們還是一條心，所以我想用這個當年的詞彙，表達雖然我們往前走了，但是不能忘記初心。

2月初，李文亮醫生去世，微博爆了；兩個月過

江岸區小江家院社區的居民祭奠親人

去，他不在微博熱搜的第一名了，那群眾忘記了嗎？沒有忘記，也不會忘記，他是不會被時間磨滅的。互聯網上有一句很流行的話是，人的記憶是很短暫的。比如說，娛樂圈出了什麼事，大家去吐槽他，但是過了一段時間洗白了，就忘記了。但是對於英雄來說，我們2月會記得，4月了我們還是會記得，我們永遠都會記得。

第二天，我去漢口民權街街道採訪，路邊的花店開了，賣的大多是菊花。回來的時候，天已擦黑。經過一條小巷，名字特別好聽：小江家院。一戶人家正在燒紙錢，祭奠親人。

死亡與新生的輪迴是大自然的法則，有些生命之花過早地凋謝，卻永遠活在人們的心裏。

15

天使要走了，
誰來愛我們？

牠們曾撫慰了那麼多
人的心，同樣值得受
到人類的善待。

流浪狗「戰疫」和「小丸子」

我家人都喜歡狗，先後養過 4 隻。不記得是誰說的了，不養狗的人很難想像與狗一起生活是什麼樣，養過狗的人無法想像沒有狗的日子該怎麼過。

　　小分隊剛到記者駐地水神客舍那天晚上，在院子裏第一個迎接我們的是隻大黃狗。走上街頭就發現，人車稀少而顯得流浪的貓狗特別多。當時我就想，這會不會與武漢封城有關呢？一般流浪動物都有固定覓食的地方，也會有愛心人士為牠們投食。而現在人都封在家裏，特別是餐飲業全部關閉，牠們的食物來源被切斷了，不得不擴大覓食的範圍。空蕩蕩的馬路也讓貓狗無所顧忌可能的傷害。我多次看到，牠們慢悠悠地橫穿馬路。

　　在青年路附近有一大片拆遷空地，只剩半座樓立在中央。這裏成了垃圾場，一隻貓咪警惕地望著我這個不速之客。一旁幹活的清潔工告訴我，這裏流浪貓狗挺多的，不過垃圾場馬上也要清理了。

　　在江岸區的一個社區門口，一隻剛出生的小貓瘦骨嶙峋的。志願者拿來自己盒飯裏的雞蛋，牠貪婪地吃起來。

　　有家的寵物們當然幸運很多，但也一定能感受到生活的改變。比如，貓咪吃魚有點難了，狗狗也在家憋壞了。那天走到一個建於 50 年代的老舊小區祥雲山莊，看到一位姓陳的先生正和他家的小狗花花在陽台上放風，他說花花已經兩個月沒遛過了。偶爾也會遇到遛狗的人，不知道他們是怎麼出小區的。

　　那天，我們去正在全面消殺的華南海鮮批發市場。陳黎

圖上｜住在祥雲山莊的陳先生正和他家的小狗「花花」在陽台上放風

圖下｜志願者餵養社區門口的流浪貓

志願者找回跑到相鄰社區的小狗

明想起有個同學住在附近，就約好一見。正在小區門口等待時，一隻濕漉漉的泰迪犬「嗖」地從隔離板下躥過去，消失在拐角。我和門外值守的志願者開玩笑，你們應該給牠測測體溫再放行。志願者肯定地說，牠找女朋友去了。這時，一個身穿防護服的男子急匆匆衝過小門，志願者伸手攔他，他邊跑邊說，去找我家狗，洗著澡就跑了！接下來聽到拐角那邊傳來一陣吱哇亂叫，再後面的畫風把我們都逗笑了：主人一隻手揪著泰迪的脖頸子走出來。前幾天有傳說，狗也會傳染新冠病毒，讓一些養寵物的主人也不敢親密接觸了。

後來，湘雅二院的護士長徐燦看到我寫的關於流浪動物的文章，就發給我一個小視頻，拍的是醫療隊員們養的一家流浪狗。我說，哪天得空去看看吧。徐燦就把護士章靈博的微信推給了我。

靈博通過微信告訴我，一天她和隊友在駐地附近散步，看到街上不少流浪狗亂竄。她們跟著一隻看似處於哺乳期的母狗腳步，來到立交橋下一個院子外，隔著鐵柵欄，驚奇地發現那裏還有五條小狗崽。

「看到那些小狗好可愛，我們幾個夥伴心疼又心酸，就想武漢居民都處在居家隔離的狀態，這些狗狗每天靠什麼來充飢呢？然後我們幾個就說，要不我們回去拿幾根火腿過來餵餵牠們吧。」

她們回到酒店取了吃的帶給狗狗。第二天再去的時候，她們看到還有一隻大白狗，就以為是這一窩小狗仔的爸爸。後來才發現，牠其實也是母狗。兩條母狗和五隻小狗崽

圖上｜瞎了一隻眼的流浪貓

圖下｜趙文和熊興餵流浪狗

就一直生活在這裏。

回去以後，他們建了一個群。因為每個人班次不同，生怕哪天不能及時去餵，狗狗會餓肚子。如果靈博要值班，會把從自己的早餐裏面省出的食物提前準備好，在群裏問誰能去餵。後來，她在房間門口放了一個紙箱子。大家每天早上不約而同地把剩下來的食物用一個小盒裝好，再放在紙箱子裏。

「我們第二天去餵食的時候，大狗從樹林衝出來對著我狂叫。時間長了，牠的警惕性就放下了，每次去餵食，都會等在那裏迎接我們。我們之間已經建立了那種信任感。」靈博說。

我第一次見到這些狗的時候，靈博在值班。帶我們去的是湘雅二院的護士趙文和熊興。

狗媽媽很會找地方，在一家單位院子一角，草木茂密。因為隔著鐵欄杆，可以免受傷害。聽到趙文和熊興呼叫，狗狗紛紛從樹叢裏跑過來。

趙文告訴我們，隊員們分別給各自喜歡的狗狗起了名字。徐燦給兩隻大狗起名：「加加」、「遊遊」，放一起就是「加油」。靈博看著那隻小黑狗很英武的樣子，就起名「戰疫」。其他的狗狗分別叫：小丸子、圓圓、盼盼、花花。

餵完狗狗，趙文說，前面有隻貓咪更可憐。我們跟著來到幾百米外的超市，一家店商的捲簾門裏，傳出貓咪淒厲的叫聲。捲簾門下面只有一指寬的門縫，趙文用小棍死命把門縫撬寬一點，熊興把肉一點點塞進門縫。

趙文說，曾經試圖聯繫店家，但是沒有回音。據說，裏面的貓咪不止一隻，但是我只見到扒拉食物的一隻黑爪。我轉了一圈，找來粗一點的木棍墊在門下，門縫擴大了幾厘米，可以把盛水餐盒送進一半，很快也被喝乾了。我把黑卡塞到門縫裏，終於拍到了黑貓：竟然瞎了一隻眼睛！超市的工作人員說，貓可能是從頂棚掉下去的，他們也會從門縫下餵食，要不早死了。

幾天後，我再次和徐燦、章靈博、周傑楠去看狗狗，遠遠看到，在路口的另一端，「遊遊」已經等在圍牆外，看到隊員們，就衝過來，搖頭擺尾地撒歡。徐燦告訴我，醫療隊就要離開武漢了，他們也在發愁這些狗狗的未來。

在湘雅二院離開武漢的前一天，幾個護士把睡衣拿去給小狗搭窩，保安不讓進，靈博偷偷從後門爬進去的。出發前的兩個小時，她們最後一次去餵狗狗，最先發現狗狗的章靈博細心地把一摞一次性手套掛在欄杆上，希望下一個有愛心的人可以用到。

狗對於關愛牠的人，會用至死不渝的忠誠來回報，哪怕全世界都拋棄了你，牠也不會。牠們曾撫慰了那麼多人的心，同樣值得人類的善待。徐燦曾給我留言：「善良的人會用善心慧眼關注身邊所有的人和事，您對小動物尚能如此，更別說對人類大愛了。」我覺得，她們才真正配得上這樣的評語。

16

這首歌是送給他們的，也是送給我們的。

不會唱歌的護士

不是好記者

張曦和作者合唱的《只要平凡》MV 封面（攝影：陳黎明、劉宇；設計：瞿瀟）

3月30日，來自湖南的中南大學湘雅二醫院第三批援鄂國家醫療隊收治的一對患者夫婦出院了，標誌著湘雅二院整建制接管的武漢同濟醫院中法院區 B8 西區實現新冠肺炎確診病例清零。護士長徐燦在她的朋友圈只發了幾個字：再見 B8 西（附了一個哭的表情）。另外還貼了幾張照片：步話機、呼吸機濕化器、體溫槍、消毒壺和進入「紅區」的門把手。這些都是她在這 50 天裏最常用的東西。

　　我特別理解她此時此刻的心情。徐燦是我在武漢認識的第一個醫護人員，湘雅二院也是我們拍攝最早、採訪最多的醫療隊。

　　在拍攝時，只要她沒有別的工作，始終陪伴左右，即便脫不開身，她也會把一切都安排好，再委託其他同事接待我們，則把自己放到最後拍攝。那天結束了下午的拍攝，我們要等晚上最後下班的隊員，中間有兩小時的空當，徐燦就給我和陳黎明各安排了一個房間休息，還把盒飯送到房間。

　　拍攝工作結束幾天後，徐燦發給我一個鏈接和提取碼，把全隊 130 個人的肖像全部標注了姓名。她說：「我們隊的您就不需要費力去整理了。」而我們從來沒有要求醫療隊做這樣本不該他們承擔的工作。

　　後來，湘雅二院有些什麼值得報道的事情，徐燦會主動通知我們；我們需要任何素材，哪怕再晚，她也會第一時間傳給我們。有一次，她很興奮地告訴我們，湘雅二院收治的一批患者要出院了。第二天，我們趕到醫院，已經有記者等在門口。我獨自進入醫院，希望患者出來後，拍攝的機會更

多一些。但原來說好的時間已過，並沒有見到患者。正打算放棄的時候，看到徐燦飛快地從大廳跑過，猶如百米衝刺。我這才意識到，患者可能並不和醫護人員走同一個通道。徐燦沒有看到我，後來偶然和她提起這件事。她說，把病人送到專用通道，擔心門外有什麼事照顧不周，就跑著下來了。

那天出院的患者中，有位老人一直唸叨，擔心出院後的生活。徐燦一邊俯身低聲細語地解釋，一邊幫老人一粒一粒地把衣扣繫好，就像一位女兒在安慰自己的老媽。

其實，好些事本來不是必須做的：她本不必為我們安排休息的房間；她本不必為我們整理照片；她本不必跑得那麼急切；她本不必為我們提供線索；她本不必為老人繫扣子……所有這些小事都不做，也不會得到任何抱怨。但她只比分內之事多做了一點，就會讓人與人之間的溫度比體溫高了一度。其實，生活不是由大事組成的，讓世間變得美好的，不是一個人做了很多，而是很多人做了一點點。

後來，我和徐燦成了好朋友。其實不止是她，這個團隊甚至不能僅僅用「好」來形容，如果一定要找一個詞來形容，我能想到的是「靈性」。他們要走了，我很想以某種方式，送他們一個禮物。

從中國攝協出發的時候，《中國攝影報》的高潔慧託人帶給我幾瓶二鍋頭。有時晚上寫東西前會小酌幾杯，薄高鵬也經常打來電話：「整點？」很多創意就是這時候產生的。那天和高鵬就著盒飯喝了幾口，我拍了張酒瓶的照片發給潔慧說：「全靠它撐著呢！」她回：「我們每天就守著您的公號

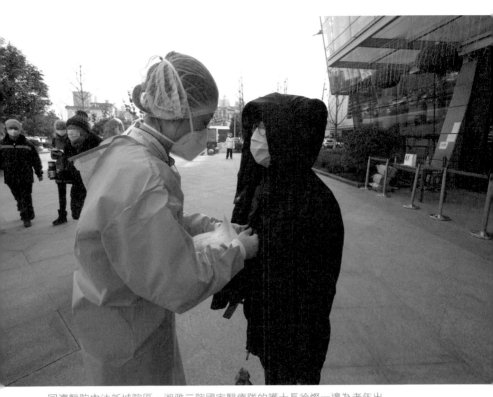

同濟醫院中法新城院區，湘雅二院國家醫療隊的護士長徐燦一邊為老年出院患者繫扣子，一邊叮囑出院後的注意事項

了，結束那天您給唱首歌吧。」然後，推給我一首格格作詞、黃超作曲，張傑和張碧晨為電影《我不是藥神》唱的插曲《只要平凡》。她補充道，還能找搭檔。我隨口說，那就和護士合唱吧。因為要趕一篇文章，她發我的歌當天並沒仔細聽。

那個階段正是我們最忙的時候，覺都不夠睡，哪有功夫錄歌呢？第二天我就打了退堂鼓，而潔慧卻認真了。

過了好一段時間，潔慧又來催問。有一天熬夜喝了好多茶，凌晨兩三點躺在床上怎麼也睡不著，就把《只要平凡》點開了，舒緩的曲調，走心的歌詞，動情的演唱。

> 也許很遠或是昨天
> 在這裏或在對岸
> 長路輾轉離合悲歡
> 人聚又人散
> 放過對錯才知答案
> 活著的勇敢
> 沒有神的光環
> 你我生而平凡
>
> 在心碎中認清遺憾
> 生命漫長也短暫
> 跳動心臟長出藤蔓
> 願為險而戰

跌入灰暗墜入深淵

沾滿泥土的臉

沒有神的光環

握緊手中的平凡

此心此生無憾

生命的火已點燃

有一天也許會走遠

也許還能再相見

無論在人群在天邊

讓我再看清你的臉

任淚水鋪滿了雙眼

雖無言淚滿面

不要神的光環

只要你的平凡

　　歌後面的留言，很多是寫給李文亮醫生等醫護人員的，我這才明白潔慧的用意。反正也睡不著，躺在床上循環播放，淚流滿面。凌晨 5 點，我給潔慧發了個微信：我試試吧。

　　本來潔慧的意思手機錄就行了。但我一直覺得，工作的事要當成玩，玩的事要當成工作。我不是說對工作可以敷衍，以玩的心態去享受工作，才不會被時間磨平熱情；而玩

票就算做到自己的最好，也還是業餘水平吧。但是認真一點，或許潛能比自己想像得大。好多事沒有達到期待，常常是因為自己放棄了體驗的機會。

但是，武漢人都被封在家裏，到哪裏去找錄音的地方呢？我求助賈代騰飛，他給我介紹了經常為單位年會錄音的 811 音樂工作室的程老師，外號「老虎」。

我在湘雅二院醫療隊採訪時候，順便提起這事，她們為我推薦了護士張曦。她把手機上的錄音發給我，我一聽就驚到了。我們又在手機 APP 上隔空合唱了一版，我發給老婆，她是學音樂的。老婆和女兒說了我一大堆毛病：拍子不對、咬字不對、氣口不對、重音不對 …… 老婆還找出這首歌的簡譜發給我，問題我不識譜啊，又被老婆鄙視一番。我問，張曦唱得怎麼樣？老婆說，以為是原唱呢。好吧，當個陪襯也行啊。

第二天，雨越下越大，我和薄高鵬接上張曦和護士長徐燦、護士熊興，來到 811 音樂工作室。張曦唱得依然很棒。後來才知道，她從小就是文藝部部長，還參加過醫院和外面的唱歌比賽。而我錄歌是第一次，站在話筒前，還是有點緊張。畢竟和卡拉 OK 不一樣，K 歌只需要跟著字幕唱就行了；而錄歌關鍵要和準伴奏。熬夜抽了太多煙，嗓子也乾啞。試唱第一遍，「老虎」就發現我節奏有問題，錄了兩遍也過了，反正心意盡到了。

既然歌錄了，不配些畫面，似乎對不起我們的職業。這樣尋找素材花了我幾天時間。素材大部分來自湘雅二院和我

作者、「老虎」、徐燦、張曦、熊興（從左至右）在 811 音樂工作室合
影（薄高鵬 攝）

張曦與作者合唱的《只要平凡》MV

湘雅二院援鄂國家醫療隊撤離，附近的居民打出「致敬湘雅」的條幅

們團隊的戰友，中國攝協後方剪輯團隊，為了完成一個共同的心願，熬夜加班，終於趕在湘雅二院撤離前剪輯出來了。

湘雅二院 3 月 31 日離開武漢這天，我們團隊 5 個人都來送行。公寓樓上的居民打出「致敬湘雅」的條幅，隊員們的回應格外暖心：「天要下雨啦，快去收衣服！」他們 130 人齊聲高呼：「謝謝武漢！」、「謝謝志願者！」「謝謝廚師！」「謝謝司機！」然後還有：「謝謝攝影師！」

在這場戰疫中，衝在最前面的是醫務工作者和媒體記者，這首歌是送給他們的，也是送給我們的。

後來這個小片子在各個平台上收穫了幾百萬次的播放，有人評價說，這是抗疫以來，聽到的最動人的一首歌。我想，打動大家的肯定不是我們的唱歌技巧。

17、

一個新冠肺炎
痊癒患者的自述

善惡忠奸天有眼，因
果公平放過誰？

在為湘雅二院援鄂國家醫療隊的送行儀式中，新冠肺炎痊癒患者祝大哥
在一旁默默流淚

見到這位已痊癒的新冠肺炎患者是在為湘雅二院醫療隊舉行的送別儀式上。採訪過這麼多支醫療隊撤離，他是我見到的唯一以患者身份自發來送行的。他當時情緒幾近失控，泣不成聲。給我留下印象特別深的一句話是：那些死了的人，什麼都不知道了；讓我們這些活著的人怎麼辦？活動結束後，我加了他的微信，希望在他心情平復一些後，再去了解他到底經歷了什麼。

　　採訪患者是我早就想做的事，但也心存顧慮：一是在人人自危的時候，他們是否願意把自己的身份暴露在公眾之下。二是擔心再次揭開正在癒合的傷疤，造成二次傷害。當採訪之後我發現，他們太需要向人傾訴了。當你陪著他們流眼淚的時候，他也會掏心掏肺地把心裏話說給你聽。

　　第二天，我在武漢劇院附近再次見到他。他長我 1 個月，我叫他祝大哥。他開了一家餐飲小店，目前住在附近的老舊小區裏。在大門口，遇到了他做志願者的兒子，長得又高又帥。

　　祝大哥住的地方是居民樓一層的一個裏外套間，外面還接出一個板棚。裏面的冰櫃佔了半間屋子。這裏原來是給店員租的宿舍，兼作庫房。祝大哥說，你剛才過來，看到的都是我的老街坊，根本就不跟我說話。沏茶的時候，他小心問我：「沒事吧？」我說：「沒問題。」我們聊了近 3 個小時，他記得每一個細節，時而哽咽，時而痛哭。

　　回去後我用軟件把語音整理成文字，竟有 3 萬來字。我一句一字核對，又與祝大哥在電話中反覆求證細節，在發

圖上｜祝大哥見到護理過他的護士：徐燦（左二）、付敏（左
　　　三）、方豔萍（左四）

圖下｜在湘雅二院援鄂國家醫療隊駐地，被該院救治痊癒出院
　　　的祝大哥，向撤離的醫療隊鞠躬

稿前再次經過確認。我去掉了自己的問題和插話，希望能傳達出在現場感受到的氣息，但我仍然覺得文字如此蒼白。

我沒有保留每一句話，但我保證下面的話都是他說過的。

我是怎麼感染的

我兒子1月17日從唐山出差回來，同學為他接風。其中有個同學發燒咳嗽了10天，一直在當感冒治。吃飯的時候，兒子挨他最近。

兒子1月22日半夜4點鐘發燒，我兒媳就把他帶到武漢市中心醫院掛號。當時這家醫院後湖院區不是定點治這個病的，而漢口醫院是第一批定點醫院。檢查出來以後，醫生說：「你肺上已經感染了，我們不敢確認，我們只能給你檢查，最後是什麼病，怎麼治療，你去漢口醫院。」

當天，他們沒跟我說。我女兒去年從華科（華中科技大學）畢業，1月21日從北京回來的。1月23日晚上10點鐘的時候，女兒打來電話：「老爸，哥哥今天又發燒了，昨天就發燒，怎麼辦呢？」我說：「不會是感染了吧？」她說：「結果還沒出來。」我就打電話給我兒媳，她告訴我：「醫生說有可能感染了。」當時那一下，真的……

這裏我還要多說一句什麼呢？1月8日，女兒在北京發了一個短信給我，說這段時間要注意，華南海鮮市

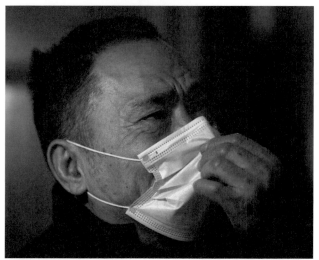

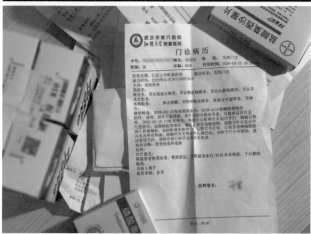

圖上｜祝大哥接受採訪
圖中｜祝大哥的病例
圖下｜祝大哥的兒子祝
　　　文奇在社區當志
　　　願者

場有一個病毒出來了，千萬別出門。我是第一次聽到這個消息。

那天坐出租車也很難的，我記得最清楚，天有點下雨，天氣很冷，到了漢口醫院急診的地方，那個燈似亮不亮的，好像看得見人也看不見人。當時我兒子穿著個羽絨服，帽子戴頭上，就坐在那個花壇的下面，我一看真的很難受。兒媳站在那兒掛號，我就跟她說：「你去照顧他，我來排隊。」裏面最少有 1,000 個人，掛號因為要寫編號，前面還有將近 300 個人。當時兒子還在發燒，已經受不了了。

後來沒辦法，只好又回武漢中心醫院去打退燒針。估計我就是這時候被感染的。大概晚上 1 點多鐘，我兒子要喝水，我就在小超市買了兩盒鮮牛奶，是熱的，當時我的胃病犯了。可能就是插管子那一下感染了，我的手沒洗，因為在門診那兒，給兒子拿病歷袋子什麼的，手上已經有病毒了。還有可能手上有病毒以後，傳到手機上去了。當時沒有像現在這麼清楚，手沒有及時消毒，回去以後看視頻、打電話，也可能搞到口腔或眼睛裏面去了，就是這兩個。當時都是戴了口罩的，兒媳有護士證，沒做這一行，但自己很注意保護，兒子一發燒，在家裏也都戴著口罩。

打針以後，我說：「你們倆先回去，我再去站隊。」他們在醫院也有點怕了啊，回去就回去吧。我又調頭到在漢口醫院去了，一看前頭還有 300 多人，就想早上再

來，先回到住的地方。早上6點鐘我攔了一個半小時的出租車，攔不到。我又跟女兒說，你趕快幫我聯繫滴滴打車。這樣，到醫院就晚了一點，又過號了。

我跟護士說：「我兒子已經排了三四十個小時，把他的單子插進去，好吧？」兒子是除夕（1月24日）那天1點鐘看完的。從在中心醫院掛號，一直到在漢口醫院看上病，40個小時。醫生直接說不可能收治，讓自己回家隔離。

當時，我住在兒子租的一個房子裏，兒子住在我自己的房子裏，兒媳住在你來的這個小區，女兒在武昌跟她媽媽一起生活。當天是年三十，晚上我真的是很難受的，我家四個人，住四個地方。為什麼我這麼傷心啊？真的，一般人都接受不了。

兒子不能出門，兒媳也怕。我著急，就跟兒媳說：「我每天來給你們做飯。」兒媳不同意，讓我給兒子送飯就行了。我說：「那不行，我給兒子做飯，那你吃什麼呢？」我兒媳是恩施的，嫁到武漢來，不能讓她爸爸媽媽覺得，你只管你兒子，是不是啊？從年初一開始，我騎電動車每天去買菜。在兒媳這邊把飯做好了，留一些，再給兒子送去。中間相隔15站公交，騎電動車半個小時。

兒子一共打了4針，就是一般的消炎針。他從來沒住過院，每天堅持跑步，就是發燒，打個退燒針，不燒了還跑。每天晚上九十點鐘，我做冰糖雪梨給他送過

去，養肺的。我女兒就說，你真是在拚命。27日、28日那兩天武漢下雨，我沒穿雨衣，全部打濕了。這樣送了一個星期，直到我發病了，才不再送了。

當時我可能已經感染了，但是我不知道。到1月29日，我送完飯回去以後，感覺怎麼沒有勁啊。我對這個病也有點了解，一個是乏力、渾身痛，再一個咳嗽、發燒，不想吃。中午也沒吃飯，睡了一下。到了晚上，怎麼還是這樣啊。我就打電話給女兒，說我恐怕是感染了。我女兒說，不會吧！

睡了一晚上，站不起來了。到下午開始渾身痛，躺在被子裏，真的像那個針扎被子一樣。不知道怎麼搞。我就去沖熱水澡，把水搞燙一點，沖一下，可以管一個多小時。不疼了，趕快去睡覺。睡了一個小時，醒了，又去沖，沖了8次。那真的是坐也不是、站也不是，睡也不是。

到了29日深夜，我又打電話給女兒說，明天先去社區醫院查個血，血液有問題，那就百分之百有問題了。那時候，還沒有核酸檢測。

現在查血只需要5分鐘，社區醫院一看說，估計是感染了，你就去中心醫院後湖那邊。這時候，這家醫院也是定點醫院了。我就去醫院掛號，前面又有300多人，我就回去了。到了晚上11點鐘再去，CT一拍，就是感染了。我當時問醫生：「能不能打針？」醫生說：「你太輕了，不夠資格打針，給你開點藥。」

聽到感染，我不吃驚，去醫院的時候，就有那種預感。因為在醫院裏那兩天，我什麼事都不讓兒媳做，都是我搶著去做，她只陪著我兒子。如果防護好一點，什麼都不做，手不挨別的，是不會感染的。我想，感染就感染，死了就死了吧。

到 2 月 5 日開始發燒，在家時最高燒到 38.5 度。這個病最怕發燒，燒了兩天，受不了了。就又去醫院，開了 3 針。要不是我女兒，我也活不下去。她每天早上準時點外賣，11 點半鐘一定把飯送到房門口。一點就是兩頓的。在家呆了 10 天。

說真的，劉記者。我經歷過的事情，一般人一生都沒經歷過。我去醫院 7 次，每一次都碰見死人。我回來跟兒子說，中心醫院肯定死人了，剛剛回來的時候，兩個殯儀館的車進去。兒子說：「那蠻正常的。」

2 月 8 日，女兒說，她的導師建了一個學生群，在群裏問，武漢有沒有學生或家屬感染的。第二天，女兒讓我把身份證號碼發給她，她跟導師說一下。因為同濟、協和醫院都是華科的。正好也是一個機會，湘雅二院醫療隊 8 日來的武漢，9 日就在同濟醫院中法新城院區開了病區。社區也幫了忙，10 日晚上 6 點鐘的時候，我們社區的書記打電話給我說，準備把你送到同濟醫院中法新城院區。他是一個殘疾人，我們社區的病人都是他送的。

一個麵包車，中間攔一塊板，我一個人坐在地

上。那時，我還不知道蔡甸有一個同濟醫院中法新城院區，大概開了四五十分鐘吧。當時我在發燒，坐也不是、站也不是，裏面黑黢黢的，又沒有人說話，東南西北都不知道。

社區書記晚上 9 點半把我送到醫院。各個社區負責送人，區有關部門負責收人，社區書記跟那個 L 主任對接完就回去了。

登記完一直等。你知道電梯上去不是有個門嗎？一直在扣，一直在扣，就是不開門。那些老人站都站不住了，就睡在樓梯間，什麼燈都沒有。只聽到那些老太太、老爺爺就在那兒哼啊。

我雖然說年紀大，但症狀還算輕的。到 12 點鐘的時候，我就下去找那個 L 主任，我跟他吼，你這樣真的是不好，不能只負責送來就不管了，你看看樓梯間，很多人都要死了，你怎麼不去銜接一下，到底什麼時間進病房？你知道他怎麼說？他說：「我們能把你送來，就很不錯了。你要不滿意你去告，不管你告到哪裏！」聽到他說這句話，我是很傷心的。真的，我那天準備回的，但是我回不了。

劉記者，這些我都沒有和兒子、兒媳說過，我不能說，我不想害這個人。我回來以後，只跟女兒說過，因為她畢竟是讀過書的。我想去告他，女兒說：「算了，您也住進醫院了，何必呢？這種人當官也當不長的。」

後來我看到，媒體報道轉運病人的情況，中央指

導組問責了有關領導，我的心情才平靜一點，就是同一天晚上的事情。

他們可以不做那麼多啊！

我們半夜兩點半鐘才進的病房，一個小個子護士就過來了，她說：「叔叔，你現在身體怎麼樣，感覺怎麼樣？」真的，這句話很打動我。我以為，都好歧視我們的，進去以後很灰心。那個小護士真的是……沒有一點點歧視的感覺。

後來，我跟徐燦護士長說，我沒想能站著出去的，一個兒子生病了，還不知道結果怎麼樣，再加上我又感染，將來怎麼搞？真的有什麼事情怎麼辦？再一個，L主任說的那個話，真的，真的是受不了。見到那個小護士以後就覺得，還可以吧，應該是不會死掉的。我不怕死，我真的是不怕死……

昨天在送行儀式上看到那些護士，沒想到都是那麼一點點年紀，全部是小女孩。我女兒後來埋怨我，為什麼不問問那個小護士的名字，我只知道她的個子最小，一直在留心。後來去了隔離點，我和徐護士長說，你幫我打聽一下，護士裏個子最小的一個。你昨天不是也看見那個小女孩嗎？她一過去我就知道是她，第一眼就知道。我問她：「是你嗎？」她說：「是我。」

我們三個病人一間，第二天早上醫生查房，我說

有胃潰瘍，一個小時不到，就把胃藥送來了，我吃了一盒，還有一盒留著，我捨不得吃。隔壁那個房的患者很重的，他有糖尿病，醫生一定要把血糖降下來。上午吃降血糖的藥，下午吃治新冠的藥。我真的很感動，他們治這個病，應該和其他的病沒有關係，為什麼別的病也可以治？

現在想起來有點過分了。有個病人在一床，我是二床，他當時坐都不能坐了，咳嗽，喘。護士讓他戴口罩，護士一走，他又把口罩拿下來，還往地上吐痰，很可怕的。我和這個病人住了3天，每天晚上都睡不著。那天晚上12點，我堅決不進病房了，就坐在走道裏。護士問：「能不能明天解決？」我說：「不行！」後來就給我換到18床。

在那裏住了16天，也有開心的事。我去了以後，一天比一天飯量大，每次飯不夠，護士馬上給我添；我有胃病，不能喝涼水，護士馬上給我換。沒有任何怨言。過去因為坐骨神經病住院的時候，不能下床走路，都是自己打飯。我跟她們說笑話，我到這來要長胖了，真的長胖了。

另外一個小護士，問病房裏3個人的年齡。我說：「60歲了。」她說：「你的長相欺騙了我。」意思是我看著很年輕。我說：「哎呀，你這樣一說，我晚上睡不著了。」大家都笑起來了。臨床的老爺爺說：「你這下高興了。」

我女兒說，如果再晚 10 天去住院，我也活不了。進去那兩天，我發燒 38.7 度。其實，就是做了一些常規治療。根據我自己的感覺，一個心情特別重要，就是感覺你有希望了；再一個營養跟上了，就可以了。這個病很多人很怕，其實沒事。

　　出院前，他們給我拍一個視頻，我哭得錄不下去。徐護士長（我感覺是她）過來把我一拍說：「沒事的，武漢會好起來的，你也會好的。」出院的時候，湘雅二院給我們送了禮物：1 盒營養粉，1 盒巧克力，1 套內衣，2 盒牛奶，4 個水果。

　　特別感動的是，出院 3 天後，徐護士長 8 點多鐘打來電話。她問：「你現在去隔離點生活、治療各方面還好吧？身體有什麼不好的地方，趕快跟我們聯繫。」那天電話打了將近 40 分鐘，我哭得很厲害，一個人把門關上的。後來，徐護士長說：「你要想哭就哭吧。」我真的沒想到，就是回訪，也不會問你的生活怎麼樣。為什麼出院了，還這麼關心人呢？

　　我在隔離點給徐護士長發過一段視頻。我說：「我們不是生死之交，我們是兄弟姐妹，因為我們有一個強大的母親中國。」我不認為是生死之交，生死之交是朋友之間，這不是朋友之間啊。人家憑什麼來呢，就說是國家要求他們來的，他們可以不做這麼多啊，真的可以不做。

　　昨天忘了一件事，回來很後悔，我應該見一見

那兩個主治醫師，一個男的，一個女的，都是五十幾歲，真的很感激他們。我也大膽跟你說，那天不是下雪嘛，我真的準備跳下去了。我身體基本沒有問題了，但是想到很多事總是不舒服。

我 60 歲了，一般人生這個病，應該不會成我這樣。我不知道怎麼回事，只要聽見「武漢加油」這四個字，我就想哭啊，不知道什麼原因。

我為什麼不能回家？

我是 3 月 13 日下午從隔離點回到戶籍所在地社區的，社區書記專門搞了一個「愛心出租車」去接我。我發病的時候，是住在兒子租的房子。但是戶口所在這邊的社區送我住院的。按道理說，這個社區沒有義務管，為什麼這裏送呢，我出生在這邊，戶口也在這邊，因為是老社區，都比較了解。那邊是新小區，我不認識人。

這邊的房子原來是女孩子住的，我想住著不好，這個病毒萬一傳染，將來有什麼事，是吧？我還是想回我自己的地方居家隔離，我一個人住，條件好一點。

6 點鐘，我兒子就騎摩托車把我送到他租的房子那邊居家隔離。兒子穿著志願者的衣服，把東西拿到樓上。但是我進去的時候，一個保安說：「你這麼長時間不在家，不能進去。」我說：「為什麼？」他說：「超過

14天就不能進了。」我說:「什麼道理啊?」他說:「沒有道理,就是這樣規定的。」這時候,來了一個人,可能是他們隊長吧。他說:「你不能進啊,我們這是無疫小區,就不能進。」當時,武漢市有一個文件,就是14天沒有傳染的社區有獎勵,你們聽說過嗎?

沒辦法,我又回到這邊,在板棚睡了一晚,睡也睡不著,就玩玩電腦。第二天,我想這樣不行,我的身體絕對好不了,我就打了那邊的一個電話,有個網格員接的。他說:「和書記講一下,明天回電話。」第二天,那個書記和網格員說:「你不可能回。你當時是在哪裏發病的?」我說:「是在你們小區。」他說:「是哪個社區送你去的醫院?」我說:「是戶口所在地社區。」他說:「那去找你那邊的社區。」

後來給街道辦事處打電話,他說:「你可以回去。」好,回過頭,又打社區電話。社區還是說不行。我沒辦法,又找了江岸區有關部門。他們說:「我們有文件,哪個社區送到醫院去,就由哪個社區安排接收。」什麼部門的電話都打了,都說不能回去。為什麼不能回去?說白了,為了零感染。

我至少打了5次市長熱線。市長熱線是這樣的,非要由本人打電話和他們說事情解決了,才能撤案。我兒子晚上9點多鐘和我說:「你趕快給那個社區的書記賠禮道歉,他給這邊的書記打了電話的,搞得不好,這邊書記都要撤掉的。」當時沒有辦法,還是給那個書記

打了電話。我說：「對不起，這邊社區已經安排好了。」
我又傷心又無奈，我沒有錯，有家不能回，為什麼要
道歉？

　　這是醫院開的證明，全部正常了，就是好人
了。隔離點也有證明啊，還是不讓回去。這到底搞的
什麼？

　　我在武漢每天都被醫護人員、各級幹部、社區志願者以
及無數武漢普通市民所感動。我也深深理解，他們有多難；
有些人也許自己就有親人、朋友感染，心理上已經處於崩潰
的邊緣，仍然衝在一線幫助他人。但是，善與惡之間可能只
有一步之差。哪怕靠自己無力解決的困難，也應該善待自己
的同胞。如果我不記下這些，就對不起這些患者們受的苦、
流的淚。

　　善惡忠奸天有眼，因果公平放過誰？

人心的冷漠，
是另一種瘟疫

冬天奪走的武漢，春
天本該交還給我們。

兩個紅髮女孩在東湖邊散步

4 月 8 日，武漢終於迎來解封的一天。我們來到武漢的時候還是冷冬，轉眼已是暖春。春天會遲到，但不會缺席。雖然各個社區仍然實行一定的管控措施，被憋了兩個多月的武漢人，還是迫不及待地紛紛走出家門，沐浴春光。從一場噩夢中醒來的武漢，抑制不住地展示著它的活力。

　　武漢的公共場所逐步開放：東湖景區開了、江漢路步行街開了、楚河漢街開了 …… 在武漢大學凌波門外棧橋上，馬老師做了一個向前翻騰一周半，躍入東湖中。原來哪怕在冬天，他和跳水愛好者也會來此鍛煉。在蟄伏了近 3 個月後，他們終於可以再次享受縱身一躍的快樂。

　　漢口的老街區，漢味最濃，是我特別喜歡來的地方。薄高鵬有一天和我說，吉慶街的「大排檔」群像被人戴上了口罩。幾天後我再去的時候，口罩還在。真希望人們能早日摘下口罩，自由地呼吸春天的空氣。往裏走一點就是蔡林記 —— 武漢做熱乾麵最有名的餐館，雖然只能打包，但買麵的人排起了隊。兩個女孩提著打包的麵說，終於又吃上熱乾麵了。一個 70 多歲的老伯走了很遠來買麵，但不會用手機支付，我幫他擺弄了好一會兒才搞定。另一個中年男人，對著一碗剛打包的熱乾麵拍照，然後坐在雕像旁的餐桌上一邊吃麵，一邊和我介紹做熱乾麵的講究。

　　附近的民權街街道小巷縱橫，看著眼熟。我打電話問老婆，原來丈母娘過去所在的滿春街離這裏不過幾百米之遙。這裏來過多次，每次去都能發現與上次的不同。以前，看到我背著相機，居民會相互提醒：戴上口罩！小店老闆馬上拿

圖上｜馬老師在東湖棧橋練習跳水

圖下｜幾個孩子在做遊戲

圖上｜一個身穿漢服的女孩在漢口步行街逛街

圖下｜一對母女走在黃昏落日下的鸚鵡大道

一名當地居民從漢口前進四路附近的餐吧經過

起酒精消毒。現在雖然隔牆還在，但一家家小店陸續開張，小巷裏迴響著大呼小叫的武漢話，雖然聽不大懂，還是用手機錄了一段，那種親切和欣喜，從語調中就能感受到。

走進小巷深處會發現，很多場景似曾相識，原來從圍牆外拍過，現在終於可以走到居民身邊。在花樓街邊，象棋激戰正酣。我問一旁吃著大蘿蔔觀棋的老人棋藝怎麼樣？他說：「他們都不是我的對手，我讓他們兩個馬。」

說起來，他祖上是旗人，住在北京鼓樓一帶。本姓烏蘭，後來為了避免麻煩，才改姓殷，他本人則是在武漢出生的。他告訴我，武漢夏天熱，過去沒有空調、電扇，家家戶戶都睡在街頭的竹床上，遍地都是搖著蒲扇下棋的，柳大華（1980年代的中國象棋冠軍）就是從街頭巷尾走出去的。

老殷說：「他還是小孩的時候，小巷邊都是各種作坊，比如打銅巷，過去就是做銅器的。不管走到哪個巷子裏都有茶樓，過去住在這一帶的很多都是跑船的，晚上沒事就出來喝茶，聽戲、聽書。」聽到老殷在講文化，正在下棋的老王說：「你下次來，我跟你聊，我什麼都知道。」

離開這幫老夥計，天已經漸漸暗下來。第二天就要離開武漢的薄高鵬捨不得走，我們又鑽到旁邊的港邊巷裏，遇到一個叫周子通的男孩正在和媽媽打羽毛球。我在北京打羽毛球也有十幾年了，從春節後就再沒摸過拍子，手有點癢癢。就把相機扔在地上，和男孩打了一會兒。

再次見到老王，仍是他在做莊。他把棋子一推說：「走，咱們去聊聊。」

圖上｜在漢口港邊巷，周子通和媽媽打羽毛球

圖下｜老殷在旁觀看老王（左一）和棋友下棋

在花園邊的水泥檯子上坐定，老王開口就說自己是另類：「我從來沒當個事。不曉得是我不正常，還是別人不正常。鄰居們被接受的東西嚇怕了，都說外面哪都有毒。露天要是真有毒，像我們這樣人口稠密的老舊小區，人都完了，武漢人都死光了。」

　　我問他為什麼不害怕？他說：「我身體好啊，什麼病也沒有，從來不打針吃藥。每天喝點小酒，以前是兩餐酒，現在是三餐酒，早上吃麵條我也搞點酒，一瓶酒喝兩天。就是在疫情最緊張的時候，我也天天出門。吃了飯就曬太陽，每天跑一個小時。感冒了，我也跑步，出點汗排出來就好了。我覺得，用我的身體可以抗它。沒事的，我是有準備的，有準備的人就無所謂。」

　　我問：「總往外跑，老伴沒意見嗎？」老王答：「我老婆說，別把病毒帶回來。我說，我先得你才能得，我不得你就不會得。」

　　我覺得有點匪夷所思，因為武漢所有的小區都封閉了，他怎麼能出來呢。老王說：「這個老舊小區不像新小區，一封就封死了。這邊不能出去，那邊還是可以出去。」

　　我說，那麼多人感染確實是事實啊。他告訴我，他所在的大龍社區，有一二十個人感染。「我沒有證據說不是冠狀病毒，每年那個時候陰冷天氣，也會有流感，流感也要傳染人的。有基礎疾病的人容易感冒，不是蠻正常的？再一個，這個病毒出來的時候，一下子全部往醫院跑，太集中了，醫院也沒辦法。我當時送一個人，在醫院也看到了，裏面全是

人，好人進去了也會感染，後來就失控了。」

我說：「從我來以後這段時間看，說心裏話，感覺武漢做得足夠好，您作為居民，覺得怎麼樣？」老王說：「那些基層幹部和志願者們真是不容易，採取了各種措施。清潔工們沒有一天休息，他們每天要處理居民們丟棄的垃圾，很危險的，還做到了零感染。但是，這段時間要把它連貫起來，後面是亡羊補牢，前期出了大事，當時束手無策，不應該的。後期都做得很好，也彌補不了前期的事，該追責肯定要追責。」

我問：「解封後，你有什麼打算？」他說：「該怎樣生活就怎樣生活，想吃什麼就買什麼，想去哪玩就玩一下。」

談起我第一次來這裏的時候，看到有些「發熱門棟」堆滿了單車。老王說看到了的，他用了「寒心」兩個字，「人和人之間的歧視，比病毒還『拐』。」後來我問過武漢人，「拐」大概是很壞的意思吧。

老王說：「我看到九江大橋的事情，就流淚了。我喊武漢加油，你也喊武漢加油，全世界都喊武漢加油，結果見了湖北人就躲、就怕，你歧視我，我歧視你。病毒可以控制，你把人情丟了，怎麼改變？」

離開老王，我的心情有點沉重。想起在朋友群裏看到的一個帖子：「注意：家中備好菜柴米油鹽醬醋茶，下周武漢解禁，是返城人員最多的時候，他們回來了，家裏啥都沒有，會到處採購，他們採購時，我們不出門，一定要把下周的食物用品備好，減少外出，不與他們相遇，咱們不知他

們誰帶毒（他們中應該有些人會是 2B），千萬注意，不可掉以輕心！保護好自己，全家安全！轉自疾控中心人員的提示。」

我不相信這樣的帖子會出自疾控中心人員。他們——咱們，這個春天好冷啊！我老婆是武漢人，我看到她在群裏回覆：「真正隔絕武漢的，不是疫情，而是冷漠的人心。冬天奪走的武漢，春天本該交還給我們。不能再讓冷漠的『瘟疫』，再殺一次武漢。」

19 ＼

對兩張刷屏
照片的調查

不管你們信不信，反
正我是信了。

2月22日，3歲小男孩在浙江省紹興市中心醫院感染三病區出院時，向護士長曹玲
玲鞠躬致謝，曹護士長隨即也向小男孩鞠躬致意。這感人的一幕剛好被她的同事記
錄了下來。該男孩於2月19日發燒住院治療，後經核酸檢測為陰性。曹玲玲稱，見
男孩先鞠躬，很是驚訝和感動，遂鞠躬回禮（傅金可 攝；文字據《中國青年報》）

提起這個話題，原本是想回應網友對我在武漢拍攝的幾張照片的疑問。有些人的想像力很豐富，但是你不在現場，有些看似不可能的瞬間，它就是出現了。攝影如奇遇，能預料的就不叫奇遇了。

　　由此我想到前一段刷屏的兩張照片：一張是傅金可拍攝的「鞠躬照」，另一張是甘俊超拍攝的「夕陽照」。對這兩張照片，有人叫好，有人質疑，我覺得都很正常。本來只打算當作引子的，但看到最近仍有攝影界的評論說這完全是兩張為了歌頌而擺佈出來的假照片，而且上升到誠實和誠信的高度。這就勾起了我一探究竟的興趣。

　　從網絡上看到的對這張照片的質疑主要有：「按照疫情管理規定，患者出院有專門通道離開，直接由社區對接，不應該和醫護人員在病房區以外合影接觸，所以顯而易見，這張照片是擺拍的。為什麼這樣的假新聞不被刪除？新聞工作者的職業素養何在？」「為什麼旁邊一個人也沒有？家長去哪了？」還有人查了攝影者的背景：醫務工作者，副主任技師，攝影愛好者，並據此說：「這幾個要素都是擺拍的要件。」

　　我的朋友裘志偉是浙江省新聞攝影學會秘書長，通過他，我聯繫上作者 —— 紹興市中心醫院檢驗科副主任技師傅金可。

　　劉宇（以下簡稱「劉」）：聽說你是攝影愛好者，平時都拍些什麼題材？

傅金可（以下簡稱「可」）：是的，我是攝影愛好者，平時醫院拍的比較多一點，其他的我也喜歡，但是不太有時間。

　　劉：這張照片是在什麼情況下拍攝的？

　　可：2月22日下午，聽說我們醫院裏有患者出院。我到的時候，才知道患者是個小孩子。後來護士長曹玲玲告訴我有三位患者出院，兩位已經走了。拍照的地方是在隔離病區門口，基本上沒人的。在場的有小孩的爺爺、奶奶、曹護士長等。小孩已經辦好出院手續，但是爸爸媽媽的車還沒來，就在這個門口等。奶奶也一直在說，醫生真好，謝謝、謝謝什麼的，然後小孩就鞠了個躬，我趕緊就拍下來了。一會兒孩子的爸爸媽媽來了，他們走出去，曹護士長還幫他們拎東西，送到車裏。

　　當時不知道，我後來聽說，男孩住院的時候，曹護士長對他很照顧。住了四天，他康復了，檢測結果也是陰性的，就出院了。

　　劉：有人提出疑問，一般鞠躬可能會有先後，是小孩先鞠躬，然後曹護士長再回禮嗎？鞠躬的過程有多長？

　　可：就是一瞬間的東西，舉起相機拍了兩三張吧，都差不多。後來我自己看看，照片還稍微有點斜的。

　　劉：這張照片是怎麼傳播出去的？

　　可：當晚，我翻看照片，小患者動作越看越萌，忍不住將照片發到醫院醫務工作群裏，大家都被小患者的可愛萌翻了。第二天有同事找出上世紀初浙二首任院長梅藤更醫生和小患者鞠躬的照片，把兩張照片放在一起，隨後，工作群和

朋友圈刷屏了。

劉：對於網絡上的質疑，你有什麼要回應的嗎？

可：其實我的本職工作也很忙，沒有時間和精力去回覆這些，我是個醫務人員，做好自己的本職工作更重要吧。疫情開始我院立即一級響應，我也是第一批去發熱門診的成員，疫情期間相機經常帶著，就是想為醫院做些抗疫記錄。

我本來希望通過傅金可聯繫到患者家屬。她解釋，她不認識患者，一般醫院也不會透露患者信息，對此我很理解。

關於這張照片的爭議點主要在於：做 CT 把病人推到戶外的合理性；醫生和患者同時舉起手臂指太陽是否有人擺佈；畫面中的光影不一致；用手機自動測光程序拍攝的畫面應該很暗；後期處理過度等。

找到「夕陽照」的被攝者和拍攝者，費了更多的周折。我再次請賈代騰飛幫忙，希望通過他找到寫報道的記者和通訊員，但是賈代並不認識他們。又聽說上海醫療隊的肖像是湖北攝協的攝影志願者拍攝的，就託武漢攝影師江遠新和史棟華幫我打聽，最後找到了為復旦大學附屬中山醫院拍攝的攝影師何小白，何老師恰好有被攝者劉凱醫生的微信。

我通過微信聯繫到劉凱醫生時，他已經解除隔離，處於休假中。畢業於四川大學華西臨床醫學院重症醫學科的劉醫生 2 月 25 日在武漢度過了 27 歲生日。

劉：這張照片的拍攝地點人民醫院東院，我去過。病區

武漢大學人民醫院東院，復旦大學附屬中山醫院援鄂醫療隊隊員劉凱護送病人做 CT 的途中，停了下來，讓已經住院近一個月的 87 歲老先生欣賞了一次久違的日落。落日餘暉下的兩個身影，令人動容（甘俊超 攝；文字據《長江日報》）

大樓裏不可以做 CT 檢測嗎？為什麼要把患者推出來？

劉凱（以下簡稱「凱」）：CT 室和病房不在一棟樓啊，CT 是在門診樓，所有住院患者都要到那裏做的。能走的自己走著去；坐輪椅的推著輪椅去；不能下病床的，都是由醫護人員推著去的。

劉：有人說，做 CT 護士陪著就可以了，而你作為醫生，為什麼會陪患者去檢測呢？

凱：這個病人情況危重一點，所以就由醫生陪。一般坐輪椅的患者都是護士陪的。

劉：那個時候老人的神志還是挺清醒的吧？

凱：他當時還是比較弱的，但是比最開始要好很多。他是 2 月 9 日還是 2 月 11 日住院的，照片是 3 月 5 日拍的。來的時候迷迷糊糊的，住了快一個月了，神志、狀態也好多了。

劉：那天陪老人去的有幾個人？你認識拍攝者嗎？

凱：就是患者、我和一個護工。我不認識他的，每次送患者的人也不一樣，都是安排的。一般護工都是老大爺嘛，他穿著防護服，我以為他是老大爺呢。後來這張照片火了以後，東院就把他找出來了，大學不是沒開學嘛，他就跑過來做志願者。

劉：當時是誰提議的拍照片？

凱：我說的。做 CT 在另外一棟樓嘛，回來的路上，正好在兩棟樓之間，陽光灑在身上，非常溫暖。我就說，我們一起曬一會吧。老大爺也非常高興，躺在病床上看了會兒，

我說，那我們來拍張照片，紀念一下好了。我就把手機給志願者，幫我們拍照片。你也知道，很多人在裏面隨手拍兩張照片，對吧？

劉：你有沒有提議伸手指太陽？

凱：很多人覺得是有的，其實也沒有。我在跟老大爺講話，他後面怎麼拍，都沒有講的。我說，哎，大爺那個太陽真的不錯的，就隨手指了一下，老大爺也把手一指，剛好被他拍下來。他拍完了，我都沒仔細看照片。領導在催我，你怎麼還沒回來？我就把照片發到群裏了，然後我還忙了一個多小時才出來的。

劉：後來是誰傳給媒體的呢？

凱：我們醫療隊隊長羅哲教授發在朋友圈的，朋友圈裏有很多認識的媒體啊，還有放在我們院的微博上，然後很多人過來了。我都不知道這個事，他們說火了以後，我才仔細看的。

劉：你自己是攝影愛好者嗎？

凱：不是，我拍照水平很爛的，平常都不玩那些東西。我不懂攝影啊，這張照片從攝影角度來說算好嗎？因為我感覺光線還是很暗的，只是那個角度還可以。

劉：我看到不同媒體刊登的這張照片的效果不大一樣。

凱：好多都調了，包括我們醫院後期弄的海報，都是重新弄過的。很多人覺得是專業攝影師拍出來的，那個志願者說他不會攝影的，我上次還和他說，你看，你拍得這麼好，人家都說你是專業攝影師，呵呵。

劉：對質疑你有什麼要說的？

凱：這張照片出來的第三天就開始有質疑的了。其實呢，我沒追求這個東西，反正我們去武漢也不是為了火來的，對吧？大家都為了看病人來的。我們在醫院裏面也不是閒著沒事幹，那麼多醫護跑出去拍照不累嗎？我覺得是個運氣的事情，剛好光線角度還可以，然後拍了一張照片，大家比較感動啊。真的有人質疑，我也堵不住別人的嘴，不值當，我到現在也不是很在意這些事，我還有自己工作的事情，對這張照片，我都無所謂的。

劉凱醫生告訴我，他有拍攝者甘俊超的微信，但是他說「不一定願意加你」。我還是抱著試試的心態，添加了甘俊超。沒想到，他很快通過了。小甘是個 20 歲尚未畢業的學生，一直生活在武漢，但戶口是河南的。看到醫院發佈的信息，就報名當了志願者，在人民醫院東院工作了 20 天左右。主要是送病人去做 CT 檢查和幫醫生送藥。他目前找了一個兼職，在等學校上課的通知。透過手機，也能感覺到他是一個話不多的年輕人，基本上我問一句，他答一句。

劉：你本人是攝影愛好者嗎？

甘俊超（以下簡稱「超」）：也不算，拍照比較少。

劉：你能描述一下拍照那天的情況嗎？

超：因為那個爺爺比較嚴重嘛，就推了一張床，需要醫生陪同，劉凱醫生陪我去的。他說幫他留個紀念什麼的，去

的時候也有拍照片的，回來的時候又剛好看到太陽，就帶老爺爺曬太陽，然後就順便再拍兩張。

劉：當時老人的情況怎麼樣？

超：你跟他簡單地對話，他都聽得到，也會有反應。

劉：誰提議的拍照片？

超：劉凱醫生。那天天氣挺好的，劉醫生和患者說，今天天氣挺好的啊，就曬曬太陽吧，然後讓我幫他留個影。

劉：是用誰的手機拍的？

超：是劉凱醫生身上的手機，他們病區裏用的手機。

劉：在拍攝的過程中，你有沒有讓他們指一指？

超：也沒有，就純粹是一個特別的巧合。

劉：當時你拍了幾張？

超：當時就拍了兩張吧，剛好抓到這個瞬間。

劉：照片拍完了以後，劉醫生就把手機拿走了，你也沒有那個照片嗎？

超：對。後來劉醫生有傳原圖給我。

劉：你聽到過對這張照片的一些議論嗎？

超：之前劉凱醫生給我發過，說網上有一些質疑。我沒有太多去關注，也沒覺得別人說什麼就是什麼，我只是幫他留了一張照片。

劉：那你對質疑有什麼話想說？

超：感覺沒什麼可說的吧，不知道說什麼。

幾位涉事者給我的感覺都雲淡風輕，沒有把對刷屏照片

的質疑當回事。我仍然不想武斷地下結論，每個人自然會有自己的判斷。至於對照片的後期修圖和媒體傳播與當事人關係不大，不在本文的討論範圍。我覺得，每個人都有質疑的權利，但如果要給某張照片下結論，特別是「假照片」這樣近乎「死刑判決」的定論，並通過網絡傳播，則應建立在調查論證的基礎上。否則，無論是對於醫務工作者、志願者，還是患者，都是不公平的。可能仍然有人會說，你採訪的都是當事人，當然要洗白自己了。好吧，我能做的，也只有這些了。

「不管你們信不信，反正我是信了。」

20

火神、雷神、
水神

我們的鏡頭一定要經
受得起親人之間投來
的一個眼神，他可能
會說，你們從我的角
度考慮過嗎？

1 月 24 日，上百台挖掘機在火神山醫院施工（黃蕾 攝）

4 月 14 日、15 日，武漢火神山醫院、雷神山醫院在分別運行了 73 天和 68 天之後，相繼關閉，這是武漢保衛戰標誌性的事件。我趕到雷神山醫院封艙儀式現場時，一眼就見到站在梯子上的武漢攝影師黃蕾。

　　剛到武漢時，她主動加了我的微信，我在她的名字下備注「武漢攝影記者」，不過一直沒見過。幾天前，得知她和我丈母娘家在一個小區。我去看老人時，順便約她聊聊。見面後，才知道她只是一個業餘攝影愛好者。

　　她以前什麼都拍，近幾年則一直關注武漢的城市建設。很多大型工程的竣工時間，她張口就可以說出來。「我喜歡爬樓，武漢長江兩岸的建築物基本都上去過。武漢光長江上就有十一座大橋，我花了五年的時間拍了九座。當你站在城市之巔，看著兩岸的江景，感覺非常自豪。」黃蕾說。

　　1 月 23 日武漢封城，黃蕾當天晚上得到建設火神山醫院的消息，第二天一早就跑去了。大年初一的晚上，在火神山拍到九點多鐘，她又得知要在軍運村再建一個醫院，後來稱作雷神山醫院。在從火神山趕往雷神山的路上，她接到了92 歲的公公在湖南老家去世的電話。她本來打算春節去湖南見公公最後一面，但因為疫情沒有走成。

　　此後，她一直在火神山、雷神山之間奔波。她告訴我：「每天早上去，一直拍到晚上才回，雖然累，但是如果不記錄下來，我覺得對不起這些建設者。他們太偉大了，不分晝夜、夜以繼日地奮戰在工地上。」

　　黃蕾說：「火神山是 8,000 多人，雷神山最多的時候有

15,000人。當時是過年期間，武漢又封城了，很多是作為志願者過來的。有的還自己帶著施工機械，有一對兄弟，兩個人輪著開挖掘機，人休息，機器不歇。」

這期間經常下雨，工地全是爛泥，腳拔出來，鞋還留在爛泥裏。後來她的腳崴了，行動不便，就找了輛可以升到30米的升降車，一站就是一兩個小時。風吹雨打之下，黃蕾感到身體不舒服，但那時候顧不上。

2月8日雷神山開始收治患者，黃蕾凌晨兩點鐘去，拍到5點多鐘。黃蕾說：「回來一量體溫有點高，還有點咳，那個時候正是疫情大爆發的時期，嚇壞了。」

黃蕾的愛人10年前做過一次大手術。她說：「我特別擔心他，自己體質還可以，但是他身體一直不好，再加上他父親去世，我總覺得他肯定不願意我出去拍。沒想到他說，你去吧，我一個人在家呆著，沒事兒。他那麼支持我，如果因為我被感染了，就覺得特別對不起他。」

2月12日，黃蕾和愛人去做了CT，結果還好，吃了一個多月中藥。黃蕾說：「其實後期還是多多少少有點不舒服，到現在都不知道自己到底是不是新冠。」在家裏養了20多天，封閉措施也越來越嚴，她出不去了，就在小區裏一邊拍攝志願者，一邊為社區居民服務。直到3月初小區管理鬆動，她才再次開始拍攝雷神山醫院、醫護人員撤離、地鐵重啟……

前些天，湖北省文聯召集為醫務人員拍攝肖像的攝影師見面。我在主持時說，對於我們這些職業攝影記者，衝上一

圖上｜黃蕾（持相機站立者）在雷神山醫院休艙儀式上

圖中｜武漢雷神山醫院封艙

圖下｜火神山最後一批新冠肺炎患者痊癒出院

線是本分；而參與為天使造像工作和以自己的方式堅持記錄的本地攝影愛好者們，這並不是他們的職責。如果一定要找出理由，我想是源於他們對家鄉和攝影的愛。

那天我正要開車去火神山醫院，記者駐地水神客舍的七八個工作人員拉住我幫忙拍合影。「雷神、火神、水神，武漢加油！」喊完口號，他們很期待地問我：「師傅，你覺得我們水神服務怎麼樣？」我說：「不怎麼樣。」他們露出很失望的神情，但我說的是實話。剛來那會兒，整個旅館能見到的工作人員也就兩三個人，除了一日三餐，沒有任何客房服務。當然在特殊時期，他們能克服困難接待我們，大家都很理解。但是，吃了50多天的盒飯，有點不能忍了。

其實在疫情緊張的時候，大家早出晚歸，也不常見到。最近採訪沒那麼緊張了，超市、餐館也陸續開張，還在留守的記者今天你買點餃子，明天他訂點烤串。其間，文聯的鄧長青書記送來方便食品，攝協的楊發維主席燒了武漢人最鍾意的排骨藕湯，甚至已經返回長沙的徐燦護士長還快遞來小龍蝦。留守戰友們建立了「水神客舍炊事班」微信群，公推曹旭擔任班長。晚上大家陸續回到駐地，總會坐在院子裏邊吃邊喝，談天說地。

4月14日這天，武漢長江兩岸有燈光秀，回到駐地，「炊事班」九點準時開飯。參加的還有志願者小侯和小彭。以前新華社的小兄弟才揚特意帶了瓶好酒。想起當天是老婆生日，大家提議一起直播個生日歌。才揚說，您不會記錯時間吧？這麼一說，我還真有點迷糊。去年，我在餐館訂了位

水神客舍

參與「為天使造像」項目的部分攝影師，在記者駐地水神客舍再現工作和生活情景。上排從左至右：季春紅、陳建、柴選。中排從左至右：徐迅、李舸、曹旭。下排從左至右：馬耕平、陳黎明、段崴。(劉宇 攝；陳黎明 製作)

置，又把老婆和女兒約上。當我把生日禮物拿出來的時候，老婆說，我生日是下個月……

光明網圖片事業部總監季春紅採訪回來得最晚，臨近午夜的時候，只剩下他、柴選和我。柴總不喝酒，春紅和我多喝了兩杯。我從來沒有聽他說過這麼多話，他的聲音好像是從天外飄過來的，似乎很遠，又直接撞到心裏。我在武漢多了個毛病，別人說話的時候，會打開了手機錄音。第二天醒來，記不大清他說了什麼，但聽了手機錄音，酒後吐的句句是真言：

從傳統紙媒轉向網絡媒體，參加新聞攝影工作20年來，我有我的堅持，不拍血腥場景和容易引起二次情感傷害的畫面，尤其是災難中的逝者。中國有句老話叫死者為大，對待這種不幸，最好的做法就是讓他安安靜靜地走，不要去打擾他；如果我拍了，這種畫面會影響我很長很長時間。

我跟我父親關係就像哥倆和師徒一樣，沒想到在他49歲那年患上了重症，在生命的最後一刻躺在我的懷裏走了。親人臨終的時候，有很多畫面可以拍，但我不忍心啊，我做不到。因為每一張照片都會變成時間的切割機，每按動一次快門，感覺生命就離自己遠了一些，你怎麼能忍心去切他呢？我要做的就是多一點時間陪著他，就夠了。

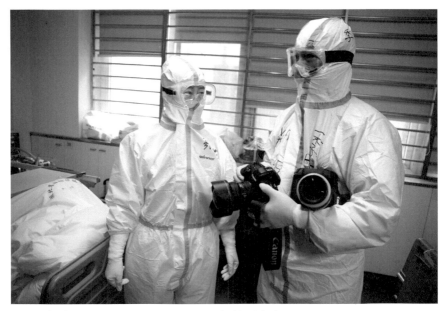

季春紅（右）在湖北中西醫結合醫院採訪張繼先（柯皓 攝）

　　我留了父親幾張照片，就覺得他從來沒走過。我特別特別想他的時候，就把照片拿出來看一看，他就會在夢裏跟你相見，很多生活場景會還原出來，特別的逼真，讓你覺得他還在，就像平常我在北京，他在江蘇老家一樣，只是時空不一樣。他有時來到同一個維度跟你對話，當那個維度不存在的時候，還有這些照片支撐著。

　　攝影術發明的時候，肯定是為了給家裏人拍個照片，然後才是影像的背後的社會脈絡。若干年後，怎麼證明這個人在世上曾經來過 —— 用影像的方式證明。攝影師的眼裏得有事兒，更必須有人；如果只有事兒，沒有人，那絕對不是發明攝影術那個人最初的想法。

　　我在想，不要刻意去追求所謂的炫，要真正經得

在湖北省文聯為參與「天使造像」項目的攝影師舉行的見面會上，作者（左）和武漢攝影師江遠新（右）留影（季春紅 攝）

起心靈深處的這種碰撞，尤其是觸及到生死的時候，我們的鏡頭一定要經受得起親人之間投來的一個眼神，他可能會說，你們從我的角度考慮過嗎？

攝影的語言最後要轉化成什麼樣的力量、信息或者氣場給我們的讀者？最終它就是一個工具。你是不是要真正地走到人的心靈裏面去？我覺得，有時候評價照片的好與壞，很可能會帶來方向性的偏離。你會發現，他特別賣力地想做一件事情，但是最後發現，方向偏了，偏離了人性，一不小心傷人了。若干年以後，他回過頭來，可能內心會充滿自責。

生活是一幅流淌的畫面，我們每一個人藉助攝影的工具，在這個畫面裏截取我們想要的東西。攝影不會說謊，但是我們截取的瞬間，可能會把人帶到別的方向去，畫面往外延長一點點，它另外一個信息還在呢。片子獲不獲獎不重要，想要表達什麼，傳遞什麼，才是最最重要的。攝影最終的邊界在哪兒？要從人性的角度來考量，如果說能把所有的被攝者當成你至親的人，你去掂量掂量。我就覺得一個攝影人需要堅守的東西，其實在這兒。

21

故事還長，
你就別再失望

道不盡世間的滄桑，
訴不完人生的悲涼。
故事還長，你就別再
失望。

祝大哥的兒子兒媳在社區門口迎接狗狗「戰疫」

前面我寫到在武漢遇到的一些朋友。如果是在別的地方，我很可能與他們擦肩而過。在一個特殊的地點、特殊的時間，我與他們認識了，他們幫助過我，我也幫助過他們。患難之交，彌足珍貴，其實人和人之間就是一顆心的距離。直到現在，我們之間一直都有聯繫。

山東滯留武漢的志願者小侯還在武漢，打算 4 月 20 日以後再回去。我幾次寫到他的文章，他一篇也沒轉過。我想，他可能覺得那些小事不值一提，不希望別人關注到他。他只是三天兩頭給我發微信：「叔，你啥時有空？來喝酒」。前幾天，他問我還有沒有防護服，下沉幹部都回去了，他們要繼續安排在社區值班。我和李舸等小分隊成員，給他送了些防護服，又一起到祝大哥重新開張的甜品店喝了綠豆沙。

被小侯收留的街頭歌手老朱，4 月 3 日從小侯的宿舍搬出來了，在武昌找了一份工作，仍然做保安。我的微信被他拉黑了三次，又三次被加回來。老朱曾在微信給我留言解釋：「我是個獨善其身之人，為防止過於依賴，無法產生免疫抗體，選擇提前精神止損療法 —— 拉黑！」

最初遇見時，老朱給我的感覺挺樂觀的。後來老朱告訴我：「你幫我那會兒，又丟工作，又難回家，還有打工地方的內部矛盾錯綜，生活困頓苟且，囊中羞澀無錢，就是有錢也買不到東西吃，其間家事諸多，又驚聞內兄染此病英年而逝，還加討薪 …… 所以看似陽光強大，內心似狗屎一坨 …… 這就是大疫情大武漢下層人真實狀態，若男人能流

小侯在球新社區門口分菜

老朱一度在武昌一家單位當保安（老朱 提供）

淚或許似長江之水無乾無涸！所以，我很傷心、自卑及玻璃心易碎。」儘管開始了一段新生活，但老朱仍然說：「心累，老家鄉村白牆黛瓦，小橋流水人家，鳥語花香，雞鳴狗吠……唉，一切如夢，現在面目全非，消失殆盡，一個回不去的夢裏故鄉。」

融不進的城市，回不去的故鄉，我也不知道怎麼安慰老朱。老朱和我說過，他從來沒去過卡拉 OK，我說有機會我們一起去玩，不知他會不會那首《漂泊者》：「年少的你充滿希望背井離鄉……志在四方，若有一天停下腳步，只因沒有了希望，尋夢的翅膀，試著去飛翔。」

長江大橋上遇到的男孩小馬搶到一張票，已經離開武漢了。他開始叫我「記者大人」，後來叫我「劉叔」。他說：「平常我戴著口罩，不僅僅是在疫情期間，習慣於遊離於眾生之外，穿梭於人群之中，他們問我為什麼戴著口罩，我說我與世界隔著一層面紗。」我們在網上聊了蠻多。他說「劉叔幫我重新內視，也許這才是武漢疫情中最大的收穫。」他說辦完事會再回武漢，如果我還在，就來送送，「有機會就跟劉叔講另一個故事。」好吧，我等著。

我和那個輾轉數千里、歷時兩個月才回到武漢的熊大姐在火車站分別時說，您需要任何幫助就聯繫我。本以為，我們之間不會有什麼交集了。後來，她小心翼翼地給我發了條微信：「我父母從蘇州回武漢，父親 89 歲，抗美援朝老兵，母親 85 歲，怕出站又困難。現在是特殊時期，能否借用你的記者身份幫我一下？」

作者準備開車把熊大姐父母接回家

　　本來第二天我有個採訪，但還是開車接上熊大姐，一起把她的父母接回家。他們一定要留我吃飯，我推辭不過，就享用了來武漢以後的第一頓家宴。熊大姐頭天晚上就把食材都準備好了，叮叮噹噹一會兒就做了一大桌子菜。老人說，以後把這兒當自己家一樣，有空就過來吃飯。我誇熊大姐自己做的香腸好吃，她讓我回北京前一定帶一點。

　　還有湘雅二院的徐燦護士長和她的戰友們，應該隔離快結束了吧。我後來才知道，她在緊張工作之餘，竟然寫下5萬字的日記。她說：「不然在武漢這段如此寶貴的人生經歷，若干年後在我生命裏也許都不會留下太深的痕跡。」在隔離期間她一直在整理日記。

　　我勸她發出來，把個人的記憶變成國家的檔案。她開始答應，後來還是拒絕了。她不願意自己成為被眾人矚目的

徐燦解除隔離回到家，與即將小學畢業的兒子合影（嘉偉 攝）

焦點。當享受了國賓級的禮遇之後，她在微信裏說：「我現在就是一個普通老百姓，而且我還比較反感別人叫英雄，我們這個隊伍都看得比較平淡，真就是換了身衣服、換了個環境，在一個由陌生到熟悉到熱愛到難忘的地方，上了一段時間班。最難忘的是在這期間結識的朋友、認識的人，各種情誼，包括隊友之間，醫患之間，還有其他種種，比如與您和你們團隊之間，這些才是我們看重和珍惜的！」

除了痊癒的患者，她們還在關注那些流浪狗，隔幾天就問，狗狗怎麼樣了？護士黃雨婧和我說：「好喜歡這一家子狗狗。想有個大房子，把牠們一家都帶走，可惜沒有這個條件。我會回去看牠們的。」

在採訪被湘雅二院救治痊癒出院的祝大哥時，他和我說：「對救過我命的湘雅二院，也沒有什麼可以留下做紀念的，就收養一隻流浪狗吧，畢竟是她們餵養過的。真的，就只能回憶一下。」

我和祝大哥，還有在送行時認識的羅大姐約好了時間。我那天才知道，羅大姐已經餵流浪狗幾年了。大狗生狗崽的時候，她憋在家裏出不來，心急如焚。好在，醫療隊的護士們接過了接力棒，把狗狗照顧得很好。我到了的時候，他們還在路上，我把車停在醫療隊住過的酒店停車場，想起幾天前熱熱鬧鬧的送行儀式，我拍了張空無一人的酒店外景發給徐燦，有點傷感。

原來我和隊員來餵狗時，大狗早就等在路口。那天沒見到大狗，心裏就有點預感。來到流浪狗棲身的院牆外，果然

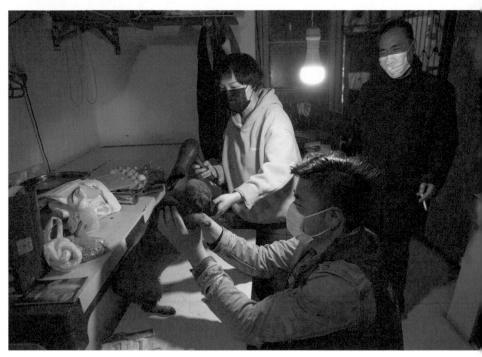

為狗狗「戰疫」洗澡

一隻狗都沒有。我不知該怎麼向祝大哥交代，他兒媳一早就催他動身，我因為上午有採訪，就把時間定在下午，他還是幾次問我什麼時候可以到。他們已經提前訂了狗窩、狗墊、狗玩具，聽說小狗喝牛奶不好，特意從網上訂了羊奶。我坐在馬路牙子上連著抽了幾根煙，心裏堵得要命。

沒想到，突然看見祝大哥、羅大姐從街對面過來，一群狗歡蹦亂跳地圍在他們左右。羅大姐帶了幾大盆雞蛋肉腸炒飯。這些狗狗都被護士們起了名字，祝大哥想養「戰疫」。趁著大狗不注意，羅大姐一把抱過「戰疫」，塞到祝大哥懷裏。我和祝大哥開上車就走，都沒顧上和羅大姐打招呼。他一路上反覆和我說，你轉告徐護士長她們，我一定會好好照顧「戰疫」的。

過了幾天，祝大哥說想再收養「必勝」的狗狗，湊一個「戰疫必勝」。我再次約了羅大姐。但這一次，無論她怎麼逗引，狗就是不出來。祝大哥怕嚇到小狗，遠遠躲在馬路的另一邊抽煙。羅大姐從大門翻進去，以前和她特別親熱的狗狗都躲在樹叢下，最後我們只能空手而返。祝大哥說，狗真通人性啊。這真是一個兩難的選擇，我不知道是做了一件好事還是錯事。

回北京前，我再次來到那裏，除了聽到風聲和鳥鳴，狗已經不知去向……

一邊寫文章，一邊放解憂邵帥的《南風北巷》。寫完了，想不出題目，再抄句歌詞吧：「道不盡世間的滄桑，訴不完人生的悲涼。故事還長，你就別再失望。」

22

約好春天回家

當北京醫院援鄂國家醫療隊的車隊經過漢口沿江大道時，曾經參加過抗美
援越的王老伯在自家陽台上致以軍禮

最後幾支援鄂醫療隊陸續撤離，其中北京醫院是我和黎明拍過的隊伍。他們住在武漢最漂亮的江邊大道旁，從窗子裏就可以看見長江的美景。送行儀式設在江灘公園的觀演台，我剛到那裏，就接到了武漢攝影師王翮的電話，警察正找司機讓挪車呢，我開的車是向他借的。我只好返回大道，看到志願者們已經打開橫幅，準備夾道歡送，這是以往從沒見過的景象。

我決定不拍儀式了，開車沿路尋找制高點，但是沒有發現過街橋。掉頭返回時，抬頭看見一個老人舉著五星紅旗站在自家陽台上。我馬上停下車，老人用手勢指引我上樓的通道，我來到陽台上。老人姓王，65歲了，他一早就等在這裏，老伴則到街邊送行去了。車隊還沒過來的時候，我看他抬手敬了個禮。一問才知道他是退伍老兵，可能多年沒敬過禮了吧，似乎在重溫那個曾經非常熟悉的動作。

他家正處在兩支醫療隊駐地的中間，在陽台上就可以看到隊員們進出。他說：「特別敬佩這些年輕人，當年參加過抗擊非典的年輕醫護人員，應該40多歲了，現在20幾歲的年輕人又衝在了前面。」他稱那些穿著隔離服的志願者為「小白」，「這次疫情也鍛煉了社區的年輕人，原來在家裏都是飯來張口、衣來伸手的。他們現在當志願者，知道照顧老人了。」

車隊經過時。老人莊重地舉起右手，車隊過去很久才放下，哽咽著和我說：「我會永遠記住他們。」

回家的還有北京協和醫院的醫護人員，他們是最後一支

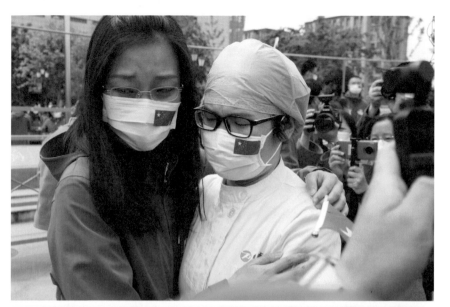

圖上│在同濟醫院中法新城院區，同濟醫院的護士梅佳和北京協和醫院的
　　　護士周潤爽相擁告別

圖下│李女士隨最後一批患者從洪山體育館方艙醫院出院，她的父母仍住
　　　在火神山醫院。當天，最後一個方艙醫院封艙

最後一支援鄂醫療隊 —— 解放軍醫療隊撤離武漢

最後一位通過安檢的解放軍白衣天使敬禮

撤離武漢的國家醫療隊。在同濟醫院中法新城院區的 23 支醫療隊中，北京協和醫院國家醫療隊抵達得最早，堅守到最後，投入人數最多，累計收治的患者最多。4 月 14 日，同濟醫院為與他們共同奮戰了 79 天的戰友舉行送行儀式。同濟的護士摟著協和的護士說，之前是絕望，你們來了以後才看到了希望。

4 月 17 日，解放軍醫療隊悄悄地走了。至此，支援武漢醫療隊全部撤離。在這座城市還沒有醒來的時候，子弟兵已經抵達機場。沒有送行儀式、沒有鮮花掌聲、沒有警車開道⋯⋯ 在機場大廳裏，播放著《十送紅軍》，部隊首長列隊站成一排，默默向白衣戰士敬禮。醫療隊沒有走特殊通道，和乘早航班的普通旅客一起接受安檢。在安檢入口，一位機場的民警右手不停照相，左手舉著自製的牌子：「事了拂衣去，深藏功與名。」最後一位通過安檢的天使鄭重地向他敬了一個軍禮。

新冠肺炎痊癒患者田老伯也回家了。接他回家的是 57 歲的退伍老兵、志願者王元太，他把患者送到小區門口，田老伯一個人提著行李，從大門走到家門，用了 6 分鐘，而他離開家已經整整 60 天。

老伴開的門，並沒有出現我設想中那種久別重逢的畫面。田老伯自己把帶回來的東西一件件拿出來，老伴催著他用紫外線燈消毒，趕緊洗澡。我說：「病好了，就和正常人一樣了。」她有點將信將疑地說：「真的一樣嗎？要是這時候再感染了，划不來。」

另一位康復的患者梁老伯能健康地與家人重逢，用他自己的話說是死裏逃生。68 歲的梁老伯是空降兵醫院的退休工人，就住在醫院的家屬院裏。元月底，為了替朋友打聽床位的事，他曾去過發熱門診。2 月 3 日他本人出現了發熱症狀，再次來到醫院時，醫生問：「這次又幫誰啊？」梁老伯說：「我自己。」住院幾天後，核酸檢測呈陰性，讓他和家人都鬆了一口氣。沒想到，此後病情急轉直下，發燒 39.4 度，被轉送到火神山醫院。小女兒思思聽到爸爸轉院的消息後趕到醫院時，他已經被推上救護車，她只能遠遠地看了爸爸一眼。第二天，醫院就發出了病危通知書，思思徹夜難眠。老人在 2006 年因患肺癌被切掉了右肺，這次是否能挺過一劫，家人心裏一點底也沒有。

　　我見到梁老伯一家人，是在他回家當天的下午。他的妹妹們和女兒、女婿把不大的客廳塞得滿滿的。老人談笑風生，絲毫不像剛剛從一場大病中康復的樣子。他的妹妹說，我哥是家裏的老大。我們幾天睡不著覺，但他每次視頻時，就是再難受，永遠都會說今天比昨天好。他一輩子愛幫助人，能恢復過來，和他的性格有很大關係。

　　家人本來準備了兩面錦旗，一面送到了火神山醫院，但是醫院有紀律，不收患者的任何東西，最後錦旗被掛在自己家客廳的中央。另一面錦旗，我陪著老人送給了最先收治他的空降兵醫院呼吸科。

　　2 月 23 日下午，我的丈母娘從北京回到了武漢的家。她去年 12 月就到北京養病，不敢到小區花園散步，怕人家

圖上｜新冠肺炎患者田老伯住院 60 天後，回到江岸區二七街道
　　　的家
圖中｜田老伯回家後查看自己的出院證明
圖下｜梁老伯和家人準備把錦旗送給空降兵醫院

知道是武漢來的。4個月了，車票買了退，退了買，終於回家了。接站的時候，遇到在安徽工作的唐先生，帶著8歲的女兒回到武漢看望父母，他打算讓女兒留在武漢上學。在等車的時候，女兒摟著唐先生親個不停。

4月25日，在武漢度過66天後，我們也踏上開往北京的火車。前一天晚上，我們最後一次乘車穿過武漢長江大橋。望著橋上川流不息的車輛和兩岸被璀璨燈光染紅的建築，想起剛來武漢時的情景，恍如隔世。車上的《人民畫報》攝影記者段崴說：「我想哭……」

武漢，難說再見！

圖上｜漢口火車站。在安徽工作的唐先生，帶著 8 歲的女兒回到武漢看望父母

圖下｜4 月 25 日，作者踏上返回北京的列車（王敬 攝）

跋：我也想對你說

　　這年頭，一部文字要看兩遍的八成是校對，要麼是情書。可劉宇的這部文字，我至少看了兩遍，一遍是剛發出的時候，一遍是這裏他自己的編訂稿，還有「半遍」是決定了要寫點什麼，在看完成稿之前的「間苗」。

　　寫點什麼？一瞬間倒有些楞住了 —— 本來是倚馬走筆信口拈來的 —— 他們剛到武漢一周，發出第一批作品的時候，我就跟貼說：「在疫區為每一位醫護人員拍攝肖像是一項『不可思議』的工程。」

　　攝影中的肖像是商業屬性還是紀實屬性，視頻與攝影的關係，影像與文字的關係，拍攝與採訪的關係 …… 這裏其實已經涉及當代攝影發展的一些基本問題。

　　這組視頻的編輯說：「大片又如何？開始我還覺得他們過去只是給醫護人員拍肖像是否特別有必要，現在覺得，這個行動太厲害了。」此時此刻所說所想，以及在鏡頭前所有的展現，是特別時期特別環境下的獨特的一面。值得記錄！

　　3月1日，劉宇寫了《三個女孩的故事》，我在激動之餘順手以「平靜的影像中那輾轉辛酸的述說」為題評價說：「紀實攝影的關注主體是『人』，這是不必論述的。」

　　對人的關注如何統一在光影與文字的流淌中，其實不是

一個理論問題而是實踐問題。

「站在人民一邊」、「關心民間疾苦」，這些話在這裏就是行走的目的，敏銳的觀察，傾心的交談，或許還有不經意地按動快門。

如果有「大片」的話，就在那似水流年的驚心動魄中。

上述議論牽涉到紀實攝影的基本立場、紀實的方式還有武漢之行的攝影史價值。這都是值得專門進行討論的普遍意義。

只是我讀文章的時候，總是面對著劉宇，是他在對我娓娓道來，我看得到在哪裏是他在尋覓，尋找「語言」；哪裏是他在動情，每每引得我老淚盈眶；哪裏心驚肉跳，又柳暗花明，比如鐵路上的那個「黑衣人」；哪裏又是普通人之間的相濡以沫，包括唱歌老朱的真心話、接了熊大姐後家裏的那頓飯，還有流浪貓狗們的命運和歸宿。

在講述故事的時候，生活在汩汩地流淌。當需要讀到場景的時候，影像便浮現出來，加速催動我們的呼吸與淚腺。

我讀到文章後陝西石寶秀謅說：「為啥精彩？其實沒啥，那就是把平常心端直掏出來，把人的真性情袒露出來。還要忘掉附加的功利和莫名的欲念，自己白日做夢的神馬浮雲。」

激動和激情是創作畫板上的底色，不可想像在「冷漠」狀態下的文字可以感染讀者。但是記錄生活的筆觸是否能撇去在特定情境下很容易生發的浮躁和虛妄，從骨子裏去平和平實平視，這倒真是創作者的歷練和心性。這時候你要漠視

的是那些「偉大感和崇高感」，是那種「聖徒獻身式的悲劇感」，是對「唯一瞬間」和「史詩般大片」的追求；是與「什麼什麼罪惡鬥爭」的使命；是「北京記者或者著名攝影家」的優越；是舞台中央被歷史光環照耀的位置感⋯⋯

好在，我們碰到了劉宇。他知道真實的力量：在巨大災難中的每一塊真實的碎片都具有折射命運的意義。其實不需要你咋咋呼呼地去撿拾它。

這就是臨歸的那個深夜裏李舸對劉宇談到的：

「怎麼理解攝影？所謂的技術技巧、方式方法都只是手段，我們的目的絕不是為了拍攝而拍攝、更不能為了出所謂的作品而拍攝。可能有人說你們沒出好照片，我覺得根本就不需要釐清什麼是好照片，對不對？

還有，作為一個記者、一個攝影人，你是不是要居高臨下、盛氣凌人，舉著手機拿著相機去對著人家拍？還是要謙和、平靜的，完全以一種親人般視角跟人家交流。這還不僅是這次抗擊疫情的事，今後任何場合，我們都應該知道自己的位置到底在哪兒。」

如果在讀這本圖文書中你切實領會到了這一點，已經善善。

再有一層是關於文體的。

以「攝影家」的身份而上武漢一線，圍繞人的命運故事而為文為影，這是劉宇手段上的優勢，因而成為傳播中的優勢（偏巧他還能唱，本書無法直接再現那段與護士合唱《只

要平凡》的動人，是個真遺憾 [1]）。這證明了綜合傳播能力對於當代紀實攝影師的意義。其實這些年影展和影賽中已經明顯有獨幅 — 組照 — 專題的擴展趨勢，還有一位攝影家就是一個大專題的範例。

除了影像體量的延伸和擴展，由影像向文字方向延伸也是邏輯上的必然。從傳播效果和記錄歷史的效率計，完全不必顧忌「影像的純粹性」，且不說影像具有獨立展示意義，在影像內在信息之外引申其外在信息也是攝影「升維」的過程；問題是按快門的有多少敲鍵盤的能耐。

劉宇的文字是生根和圍繞在影像之上的，這也是這部書耐讀而且動人的原因。從文學的角度看，這是一部有圖的紀實散文隨筆集，並且這圖都是作者自己拍攝的。

這些年出版界悄然而起的一大類，就是「非虛構」，非虛構文學不僅是報告文學，還有關涉歷史學、社會學、自然科學和藝術生態的一批著作。現實紛繁多樣，闡釋現實的文本必然異彩紛呈，所以在題材內容上跨領域，在表現手段上也在跨界上出新。

這其實給了紀實攝影一個重要啟示。傳統攝影傳播只有三個方式：辦展、出影集、在媒體上發表。新媒體出現以後有了第四種方式：依託互聯網在移動媒體上「辦展」，發表。

劉宇的探索意義在於，從創作的一開始，就是圖文並行，兩手同操，齊頭推進，在新媒體露頭傳播並且「營

[1] 第 141 頁有提供合唱 MV 二維碼，或可稍彌補些遺憾。

銷」，在傳統出版上落地。這是一個生產條件日益具備的看得清楚的鏈條，只是在汶川地震和 SARS 的拍攝活動中沒有出現一個自覺的「劉宇」。

看這部文字，特別舒適的感覺就是「看著」劉宇絮絮叨叨又那麼真誠投入地跟你說話。幾欲哽咽中我也總想對作者說：對呀對呀，這就是「歷史」呀！

挺好的，就這麼像作者一樣，隨興地寫下我的閱讀感受。劉宇，這部書好像是可能傳世的，把它印得漂亮點。

楊浪（攝影評論家、資深媒體人）

2020 年 5 月 6 日

後記

　　66 天，注定會給我留下永生難忘的記憶。儘管我也曾採訪過一些大事件，但都無法與這 66 天的經歷相比。我不想把它說成拍攝或採訪，這是一次生命的體驗和精神的洗禮。

　　感謝中國文聯、中國攝協，肯讓一個已經退休的人重返一線，我沒有理由不珍惜這份信任。感謝湖北省文聯、湖北省攝協以及武漢的攝影人，你們在最困難時提供的支持和幫助，讓我在陰冷的冬天也能感受到溫暖。感謝參與天使造像團隊的每一位戰友，你們的行動和作品帶給我的感動，鞭策我更加努力。感謝後方的同事們，你們是真正的幕後英雄。

　　感謝有耐心閱讀我的圖文的朋友，也許看在我是一個照相的面上，你們對我的粗糙文字給予的寬容和肯定，讓我這個本來沒有多少自信的人相信，平實的表達仍然是有力量的，寫文章並不需要喊口號。你們也再次讓我相信，真情實感仍然是拍好照片的不二法門，我心有所感，你們就會感同身受。

　　感謝為我撰寫寄語的幾位大家：仲呈祥主席、濮存昕主席、馮雙白主席、潘魯生主席、李舸主席，你們在我心中仰慕已久，你們的勉勵，是我繼續前行的動力。感謝攝影評論

家、資深媒體人楊浪先生，您在更高層次上的思考，讓我受教良多。

感謝每一個走進我的文章和鏡頭中的被採訪者，如果不是在這種特殊的情形下，我很可能會與你們擦肩而過。你們讓我體會到，走進另一個人的內心並沒有那麼難，只需要從一句真誠的問好開始。當快樂著彼此的快樂、悲傷著彼此的悲傷的時候，人和人之間只有一顆心的距離。

感謝家人，你們的理解，讓我可以沒有後顧之憂地做自己喜歡的事情。最後的感謝送給自己吧，所有的經歷都是財富，所有的積累都不白費，不知道什麼時候就會回報你曾經的付出。

60歲，意味著職業生涯的結束，但是攝影人永遠在路上。

劉 宇

武漢開啟燈光秀